リセット

五十嵐貴久

幻冬舎文庫

リセット

悪魔は人の喜ぶ姿に変身する

シェークスピア／ハムレット

〈目次〉

1章　少女　6
2章　先生　53
3章　視線　106
4章　金網　160
5章　十字路　207
6章　夏の嵐　255
終章　通報　306
『リセット』後書き　312

1章　少女

1

入って、と母がリビングのドアを開けた。狭い廊下に、ぼくと身長が同じぐらいの痩せた髪の長い少女が立っていた。ぼくが一六五センチだから、女の子としては背が高い方だ。

雨宮結花《あまみやゆか》という名前は、しばらく前に母から聞いていた。母の弟の娘だから、ぼくとは従姉弟《いとこ》同士になる。

結花の両親とは、四年ほど前に一度会ったきりだ。その時、結花はいなかった。

「子供の頃に会ってるのよ」

母は笑っていたけど、そんなこと覚えてるはずもない。

祖父は長男で、五人の弟や妹、そして母を含め子供が三人いた。でも、その人たちのこともよく知らない。実家のある愛媛県に、母はめったに帰らなかったからだ。

四歳の時に祖父が亡くなり、葬式に行った記憶はある。十年ぐらい前で、その時親戚と会っていたし、従兄弟《いとこ》たちもそこにいたはずだけど、曖昧にしか覚えていなかった。

入って入って、と母が手招きすると、セーラー服の上にグレーのカーディガンをはおった結花がうつむいたままリビングに足を踏み入れた。

夕方で、まだ廊下の明かりをつけていなかったから、立っていた時はよくわからなかったけど、リビングに入ると顔がはっきり見えた。

細面というのか、頬のラインがすっきりしていて、顎がやや尖っている。目鼻立ちが整ったきれいな子、それが結花の第一印象だった。

元気がないように見えたけど、頭の中におできができて、一年ほど自宅療養していたと前に母が話していた。顔色が悪いのはそのせいだろう。

晃《あきら》、と母がぼくに顔を向けた。

「夏休みが終わったら、結花はあんたと同じ浦前《うらまえ》高校に通うの。この辺のことは何も知らないんだから、教えてあげて。結花、話したでしょ？　この子が次男の晃。歳はひとつ下だけど、あなたと同級生になるのよ」

はい、と結花が小さな声で答えた。それだけでリビングの空気が変わった。とても澄んだ、きれいな声だ。

声質がやや低くて、大人びた感じがした。同級生の女子《じょし》たちとは全然違う。東京の子なんだ、と改めて思った。

今日から結花とひとつ屋根の下に暮らすことになる。突然現れた都会の美少女。マンガみたいなシチュエーションだ。

夏休み前、高校の友達に結花のことを話すと、期待すんなよと言われた。確かにそうだと思っていたけど、こんなきれいな子と一緒に住むなんて信じられなかった。

女子の友達はたくさんいる。でも、付き合ったことはない。晃はガキなんだよ、と男友達にからかわれることもあった。

それはちょっと違う、とぼくは思っていた。男同士で遊んでいた方が楽だし、女の子に合わせるのが面倒だから付き合わないだけだ。

中学三年間で二度告白されたけど、断ったのはサッカーとか音楽とか、面白いことが他にあったからだ。

ガキっぽいのは、むしろ女子の方だろう、という想いもあった。他の女の子とちょっと喋っただけで怒り出すとか、二人だけの秘密のサインを作るとか、そんなの子供の発想だ。

結花は違った。年齢がひとつ上ということもあるのか、はっきりと大人だった。

見ていると顔が赤くなりそうで、無理やり目を逸らしたけど、どうしても見てしまう。会った瞬間から、ぼくは結花に恋をしていた。

きれいだからとか、そんなことじゃない。心細げな横顔を見ていると、ぼくが守らなきゃという想いが胸一杯に広がった。恋って、そういうものだろう。

「はじめまして、孝司《こうじ》と晃の父です」奥のソファに座っていた俊幸《としゆき》さんがテーブルの椅子を指した。「とにかく、座ったらどうかな？」

何よそれと母が笑うと、俊幸さんも苦笑した。年齢より若く見えるけど、笑うと歳相応に目尻の皺が深くなる。

「仕方ないだろう、うちは男の子しかいないから、結花ちゃんぐらいの女の子とどう話せばいいかわからないんだ。でも、そこはお互いにだんだんと慣れていけばいい。結花ちゃん、そうだよね？」

母が背中を押すと、ぎこちない足取りで近づいてきた結花がぼくの隣の椅子に腰を下ろした。糸の切れた操り人形を思わせる、すとんと落ちるような座り方だった。

石鹸とシャンプーの香りがぼくの鼻を刺激した。甘酸っぱい何かが胸に広がっていく。

奈緒美《なおみ》から話は聞いているよ、と俊幸さんが笑みを浮かべた。

「何もできなくて悪かったね。大変だったろう……とにかく、今日からここが結花ちゃんの家だ。親戚なんだから、遠慮はいらない」

「何か飲む？」

向かいに座っていた兄の孝司が、切れ長の目で結花を見た。ぼくより八歳上の大学四年生だ。

うつむいたまま、結花が首を振った。後で案内するわね、と自分の椅子に座った母が反対側の廊下に顎の先を向けた。

「結花の部屋は用意してあるから、心配しないで。十六歳だし、孝司も晃も男の子だし、何かあったら麗美《れみ》さんに怒られちゃう。安心して――」

おばさん、と結花が顔を上げた。大きな黒目に苛立ちの色が浮かんでいた。

「何度も言ってます。あたしは結花じゃありません。結花は妹で、あたしはリカです。リカって呼んでください」

はいはい、と母が面倒臭そうにため息をついた。

「何なのよ、本当に……あんたが小さい頃に会ってるって言ったでしょ？　三歳か四歳の頃よ。あんたと梨花《りか》は二卵性の双子だから、顔は全然違った。今でも面影が残ってる。見間違えるわけないじゃない……あんたは結花で、お姉ちゃんの梨花は麗美さんが例の新興宗教の本部に連れていったの。何回説明させる気？　いいわよ、それじゃ、あんたもあたしのことをおばさんって呼ぶの止《や》めて。そしたら結花でも梨花でも、あんたの好きな名前で呼ぶから」

おばさんは勘違いしてる、と結花が横を向いた。

「あたしは雨宮リカ。結花は妹」

後にしたらどうだい、と俊幸さんが白髪の交じった頭に手をやった。

「結花ちゃんも疲れてるだろう。少し休ませた方がいいんじゃないか？」

立ち上がった母が結花を連れてリビングを出ていった。仲良くするんだぞ、と俊幸さんが言った。

もちろん、とぼくはうなずき、大きく伸びをした孝司が自分の部屋に戻っていった。八月の終わり、とても暑い日だった。

2

東京の広尾に雨宮という親戚がいるのは、ずっと前に母から聞いていた。小学校に上がる前だ。

関係が複雑で、説明が難しいのだけど、要約すると母の旧姓は遠山《とおやま》で、母には兄が一人、そして弟が一人いた。兄が茂一《もいち》、弟は武士《たけし》という名前で、武士さんは母の腹違いの弟だ。ぼくの祖父が浮気をして、その相手が産んだらしい。でも、その辺りは母もはっきり話さなかった。

弟というのは、母がそう言ってるだけで、年齢は武士さんの方が十歳ぐらい上だ。母に言わせると、愛人の子供が兄なんて冗談じゃない、ということになる。

弟と呼んでるのはそのためで、ぼくにはわからないけど、腹違いの兄を認めたくないのかもしれない。

武士さんは外科医で、雨宮という何代も続く医者の家の娘、麗美さんと結婚して義理の両親の養子になった。それで、武士さんの名字は雨宮に変わった。

その頃、ぼくの両親は府中に住んでいた。広尾とは離れているから、武士さん、麗美さんとは会っていなかったと母が話していた。

二人がうちに来るとか、そんなこともなかったらしい。ぼくにとっては名前だけの親戚で、特に関係ないと思っていた。

ぼくが生まれた時、麗美さんが病院へ来たそうだけど、覚えているはずもない。それを除けば、二人と初めて会ったのは、四年前に母と俊幸さんが結婚した時だった。

母たちは再婚同士だから結婚式は挙げなかった。でも、親しい友人や親戚を呼んで内輪だけのパーティをした。武士さんと麗美さんも来ていて、母が紹介してくれた。

美男美女としか言いようのない夫婦で、母に言わせれば遠山の家は美形揃いということになる。自分の母親のルックスを誉めるのはマザコンみたいで嫌だけど、それは認めるしかない。

小学校の授業参観日とか運動会で、晃のママはきれいだよな、と友達からよく言われた。他のママたちと比べると全然若いし、服装やオシャレにも気を使っている。

顔は小さいけど目が大きくて、脚も長いしスタイルもいい。外国人みたいでステキだよね、と女の子たちが噂してたのを覚えてる。

だけど、武士さんはモデルみたいで、信じられないほどカッコよかった。そして、麗美さんは母より美人だった。あんなにきれいな人は、女優でもめったにいないだろう。

ぼくが二人と会ったのは、その時だけだ。二年後、武士さんが交通事故で亡くなったと麗美さんから連絡があった。

酷い話よね、と母が言ってたけど、それ以上触れなかったのは、武士さんと仲が良くなかったからだ。父親の浮気相手の子供にいい感情を持てないのは、当然と言えば当然だろう。

母と俊幸さんの結婚パーティの時、武士さんとの間に双子の娘がいて、ぼくよりひとつ年上だと教えてくれたのは麗美さんだった。

母と麗美さんは数回会ったことがあるだけで、頻繁に連絡を取り合っていたわけではなかった。ぼくに双子の娘の話をしたのは、それしか話題を思いつかなかったんだろう。

母は弔電を打っただけで、武士さんの葬式に行かなかった。腹違いの弟の葬式に行く意味なんてないと考えたようだ。

その後、母が武士さんの話をした記憶はない。良くも悪くも、母はそういう性格だった。

愛媛の実家から浦和のぼくの家に電話があったのは、去年の秋だ。電話を取ったのはぼくで、お母さんはいるかい、と母の叔父に当たる良則《よしのり》さんが痰の絡んだような声で言った。代わって電話に出た母が、何の話よとか、どうしてあたしがとか、文句を言う声がそばにいたぼくの耳に勝手に入ってきた。詳しいことはわからないけど、母が怒っていたのは確かだ。

怒っていたと言うとおおげさかもしれない。でも、電話を切った後も、面倒臭いとか、何でも押し付けてとか、不平不満を並べ立てていた。

それからも何度か良則さんから電話がかかってきて、そのたびに母は広尾へ出掛けていった。最初のうちは、浦和からだと遠くて嫌だとか、時間がかかって大変とか言ってたけど、今年に入って風向きが変わった。

ぼくの高校受験をそっちのけにして、それまでより頻繁に広尾へ行くようになり、三月から四月にかけては週に三、四回通っていた。いろんな人と会い、電話で話してたのも知っている。だけど、何をしているのか、ぼくと孝司には言わなかった。

五月のゴールデンウィーク、俊幸さんが勤めているつぼみ銀行の行員はカレンダー通りに休みを取っていた。去年の暮れ、監査部役員に昇進した俊幸さんはそれまで以上に忙しくなっていた。

平日はほとんど銀座の本店近くにあるウィークリーマンションに泊まって、土曜の夕方浦和の自宅に戻り、月曜の朝銀行に行くという生活を続けている。だけど、連休中は家でぼくたちと一緒に過ごしていた。

母が雨宮家のことをぼくと孝司に話したのは、連休最後の日だった。パパとずっと相談してたんだけど、と母が俊幸さんの手に自分の手を重ねた。

「一昨年だっけ？　ほら、武士が交通事故で死んだって連絡が来たでしょ？」

そうだったな、と孝司が言った。正直に言うけど、と母が話を続けた。

「母親が違うから、武士とは仲良くなかった。医大に入ってからは、ほとんど会っていない」あなたと結婚した時とか、二、三度だけ、と母が俊幸さんに笑みを向けた。「残された麗美さんや子供たちは辛かったでしょうけど、そこは家族の問題だから、あたしが何か言う筋合いじゃないって思ってたの。でも、突然夫を亡くして、麗美さんがショックを受けたのはわかる。渋谷区役所の人に聞いたんだけど、宇宙真理教って新興宗教にはまって、長女と一緒に出家したそうよ」

出家って何だよ、と孝司がいつもの半笑いで尋ねた。見下したような笑い方で、唇の左端を吊り上げながら話す癖があり、どこか小狡く見えた。

「あのオバサン、尼さんになったわけ？」

そうじゃないの、と母が首を振った。

「どう言えばいいのかな……それまでは単なる信者だったけど、出家すると新しい信者を勧誘するとか、教団の教えを広めるとか、そういう立場になるの。武士の事故があった半年後ぐらいに麗美さんから電話があって、大宮に支部があるからそこで話を聞いてって言われたけど、あたしはそういうの興味ない人でしょ？　だから無視してたわけ」

麗美さんがねえ、と俊幸さんが首を捻った。

「そんな感じには見えなかったが……もっとも、ご主人を亡くせば誰だってショックを受けるだろう。新興宗教に入信したのは、何かすがるものが必要だったんじゃないか？　そんな話はよく聞くよ」

入信ならともかく出家なんて、と母が口元を歪めた。

「しかも長女の梨花だけ連れて、妹の結花は置いていったの。あたしも初めて聞いたけど、結花は中一か中二の時に脳腫瘍か何かで一年休学していて、麗美さんが出家した時は中学三年になる頃だった。学校に来ないから不審に思った担任の先生が家へ行って、それで麗美さんと梨花がいなくなったのがわかったんだって」

　去年の春頃の話、と母が付け足した。大変だな、と俊幸さんが湯飲みのお茶をひと口飲んだ。

「学校と渋谷区役所の福祉課が相談して、まず麗美さんを捜したんだけど」母がリビングのテーブルを長い爪で何度か引っ掻いた。「宇宙真理教側は出家なんかしていないって答えるだけで、どうしようもなかったって言ってた。福祉課の人の話だと、信仰の自由があるから、あまり強く言えないみたいね。それで、結花は西園寺《さいおんじ》学園の中等部に通ってたでしょ？」

　母には話を突然変える癖がある。そうなんだ、と孝司が目を丸くした。

　ぼくも西園寺学園のことは知っている。有名な名門私立で、小学校から大学まである一貫校だ。

「双子の娘を西園寺に入れたのは、麗美さんらしいなって……武士は医者で、クリニックを開いていたからお金もあっただろうしね。エスカレーター式に高校へ進めるはずだったけど、ああいう学校だから保護者がいないと駄目ですってことになったの」

「それで？」

孝司の問いに、福祉課員が麗美さんの親戚を捜した、と母が言った。

「でも両親はとっくに亡くなってるし、近い親戚もいない。次は武士の親戚よ。それで実家の良則叔父さんに連絡が行ったの。でも、あの人はもう八十歳だし、愛媛に住んでるから動けないでしょ？　茂一兄さんが生きていればよかったんだけど……そんなこんなで、良則叔父さんがあたしに電話してきた。東京と埼玉は隣なんだし、お前が何とかするしかないだろうって」

結局、西園寺学園は結花の進学を断った、と母が少し声のトーンを落とした。

「冷たいよね、名門校は。学費が高いから、保護者がいないと厳しいっていうのはわかるけど……でも、それじゃあんまりだって区役所の人が説得して、一学期だけ籍を置くことになったの。だけど、やっぱり保護者の問題が出てくるのよ。まだ子供だし、一人であんな大きな家に住むっていうのはどうなんだろうって、あたしも思った」

「家って？　広尾にあるわけ？」

孝司が相変わらずの半笑いで言った。筋肉質の体つきで、顔もいいし背も高いけど、何となくだらしなく見えるのは、茶に染めた長髪を頭の後ろで結わえているからかもしれない。

初めて会った時から、ぼくはこの義兄と反りが合わなかった。話すこともほとんどない。

「そうよ、広尾の一等地にね」母がリビングを見回した。「玄関だけでも、これぐらいの広さがある。近所ではバラ屋敷って呼ばれてるんだって。お城みたいって言ったらおおげさだけど、広いしきれいだし、庭も大きくてサッカーの試合ができるって――」

話が逸れてるぞ、と俊幸さんがからかうように言うと、母がぺろりと舌を出した。三十三歳の今も、気分は女子高生のままらしい。

「それでね、結花とも話したんだけど、うちで引き取ろうと思うのよ」

区役所の人もその方がいいって言うの、と母が上目遣いになった。結論を出すのが早くないか、と俊幸さんが言った。

「先月、奈緒美がその話をした時、女の子が一人暮らしをするっていうのは、あまり良くないんじゃないかと言ったよ。でも、それは一般論だ。引き取るって簡単に言うけど、学校はどうする？　籍のことだってある。養女にするつもりかい？」

ぼくと孝司は初めて聞いた話だった。でも、俊幸さんには母も前から相談していたようだ。決めたわけじゃないけど、そうするしかないかもと母が言った。

「転校したいって結花も言ってる。広尾の家に住みたくないって思ってるんじゃない？　ここ数年は、いい思い出もないだろうし……籍のことは弁護士さんや区役所の人に相談したけど、引き取るのであればうちの籍に入れて養女にした方が手続きとかいろいろスムーズに進むんだって。結花には両親がいないのよ？　親戚で一番近くに住んでるのはうちなの。迷惑だとか、あなたがそんなことを言わないのはわかってる。そうでしょ？」

迷惑とは思わないさ、と俊幸さんが首を振った。

「とはいえ、微妙な年齢だ。うちには孝司と晃がいる。結花ちゃんは女の子だ。やりにくくないか？」

だから相談してるんじゃない、と甘えた声で言った母がぼくと孝司を交互に見た。

「孝司くんはどう思う？　ちょっと暗いし、無口だけど、きれいな子なの。晃、あんた妹がほしいって前に言ってたでしょ？　歳はひとつ上でも、同じ学年になるんだから、妹みたいなもんじゃない」

母は時々おかしなことを言い出す。妹がほしいと言ったことはあるけど、それはぼくが幼稚園に通ってた頃の話だ。だいたい、ひとつ上ならそれは姉だろう。

どうかな、と孝司が唇を尖らせた。

「奈緒美ちゃんが言いたいことはわかるよ。父親が死んで、母親が新興宗教にはまったら、子供はたまんないだろうさ。かわいそうだって俺も思う。でも、面倒なことにならないかな。こっちにはこっちの生活や習慣があるだろ？　風呂から出て、俺や晃がパンツ一枚でうろうろしてたら、結花って子も困るに決まってる。細かい話かもしれないけど、親父が言うように男と女は違うからね」

　奈緒美ちゃん、というのは母のことだ。孝司だけじゃなく、俊幸さんもぼくも母を下の名前で呼ぶ。

　そう命じたのは、他ならぬ母だった。ママとかお母さんとか言われると、一気に老けた気がするという。三十三歳はぼくの中でオバサンだけど、母はそう思っていないらしい。

　馬鹿馬鹿しい、と母が鼻で笑った。

「あの子はまだ子供よ？　孝司くんは興味ないでしょ？　何も気にすることないの。晃は歳が近いから、いろいろあるかもしれないけど――」

　ないよ、とぼくは強く首を振った。母に子供扱いされるのはいつものことだけど、どうしても言葉が尖ってしまう。

　反抗期ね、と母がぼくの額を指で突いた。

「とにかく、うちで暮らしたいって結花は言ってる。西園寺学園から浦前高校に連絡してもらって、転校の手続きは済ませた。部屋は奥の和室を使えばいい。反対の人は？」

　俊幸さんが顔をしかめたけど、他にどうしろって言うの、と母がテーブルを指先で何度も叩いた。色白の頬が、うっすら赤くなっている。

　母が怒る気配を察したのか、いいんじゃないの、と孝司が早口で言った。

「掃除だって洗濯だって、その子にさせればいい。案外、それが奈緒美ちゃんの本当の狙いなんじゃないの？」

そんなわけないでしょ、と母が苦笑した。孝司は母の機嫌を取るのがうまい。冗談で和ませて、話を収めるのはいつものことだった。

「とりあえずうちで引き取って、面倒を見る。親戚なんだから、そうするしかないでしょ？晃、あんただって、十六歳の女の子に一人暮らししろなんて冷たいことは言わないよね？」

ぼくは肩をすくめた。相談と母は言ったけど、最初から結論は決まっていた。

母の決定には、俊幸さんもぼくたちも従うしかない。それが升元《ますもと》家のルールだった。

とにかく俊幸さんは母に甘い。十九歳下ということもあるのか、何でも母の言いなりだ。

俊幸さんの元の名字は伊沢《いざわ》で、銀行ではその名前を使っている。でも、戸籍の上では升元俊幸だ。結婚する条件がそれだったらしい。

運転免許証やパスポート、キャッシュカードの名義を変えるのが面倒臭いからというのは、いかにも母らしい話だった。

その後、母と俊幸さんが結花のことで相談していたのは、ぼくも知ってる。養女にするかどうかは別として、親戚の娘を預かるのは義務だと俊幸さんも考えたようだ。

責任感の強い人だし、一人ぼっちの十六歳の女の子を放っておくわけにいかないのはその通りだろう。ぼくも孝司も、了解するしかなかった。

最初はあれだけ嫌がっていたのに、どうして結花を引き取ると母が決めたのか、それはわからなかったけど、三カ月半ほどの準備期間を挟み、八月の終わりから結花がうちで暮らすことになった。それはぼくの恋の始まりでもあった。

3

私立浦前高校の二学期の始業式は九月一日だった。浦高は埼玉県下の私立高校で、ちょうど真ん中レベルの学校だ。

男女共学、全校生徒数約六百人。ひとクラス四十人、一学年五クラス。ぼくは一年C組だった。

始業式では特に何もなかった。講堂に全生徒が集まって、校長先生の挨拶を聞いて校歌を歌えばそれで終わりだ。

その後は各クラスでホームルームがあり、それで解散という流れになる。どこの高校も似たようなものだろう。

ただ、一年C組だけは違った。季節外れの転校生がいたからだ。

「転校してきた升元結花さんだ」担任の高木《たかぎ》先生が教壇に結花を立たせた。「晃の親戚で、前は東京の西園寺学園に通っていたが、体調を崩したこともあって、晃の家で暮らすことになった。いいか、いつも言ってるが、人には優しくが俺のモットーだ。彼女は浦和のことも埼玉のこともよく知らない。何か聞かれたら、ちゃんと教えること。聞かれなくても教えること。わかったな？」

はい、と四十人の生徒たちが返事をした。高木先生は〝当たり〟の担任で、四十歳になったばかりだけど、呪文のように〝人には優しく〟と唱えることを除けばいい先生だった。

面倒なことは言わないし、生徒の気持ちを尊重してくれる。生徒から友達同士みたいな話し方をされても怒らないし、他のクラスの連中からも、C組はいいよな、としょっちゅう言われていた。

ぼくも高木先生のことが好きだったし、クラスの中では誰よりもよく話す。先生と生徒だから、友達というのとは違うけど、そんな感じだ。

名前を書いて、と高木先生がチョークを結花に渡した。

「それから自己紹介だ。短くたっていいし、長くたって構わない。時間はあるからな」

結花が黒板にチョークを当てた。記された文字は〝雨宮リカ〟だった。

教室がざわついたけど、結花が向き直ると全員が口を閉じた。きれいな子だし、何を話すのかと興味があったのだろう。

「このクラスの升元晃くんの親戚で、雨宮リカといいます」

結花がゆっくりと厚ぼったい唇を動かした。

「事情があって、お世話になっています。ただ、誤解があって、晃くんのお母さんがあたしと妹の名前を逆に覚えてしまいました。学校への届け出が升元結花になったのはそのためで、教頭の江口《えぐち》先生に直してくださいとお願いしています。でも、一度届け出を受理すると訂正に時間がかかるので、しばらくの間は升元結花の名前を使うようにと言われました。それは仕方ないですけど、クラスのみんなには正しい名前を覚えてほしいと思っています。あたしは雨宮リカ、得意な科目は数学、苦手なのはスポーツです。先週浦和に来たばかりで、何もわかっていませんが、よろしくお願いします」

頭を下げた結花がチョークを置き、席はどこですかと聞いた。窓側のあそこだと高木先生が指さすと、ありがとうございますと低い声で言って、空いていた机に向かった。

「晃、どうなってんだ？」隣の席の三笠《みかさ》がぼくの肩をシャーペンの先でつついた。「従姉《いとこ》の話は聞いてたけど、あんなきれいな子だとは思ってなかった。やっぱ東京は違うよな……うちの女子どもとは雰囲気が違う。お前んちに住んでるんだろ？」

一度に聞くな、とぼくは言った。三笠は中学からの友達で、好奇心の塊のような性格だ。

「みんなも結花のことを知りたいだろう。同じ話を何度もしたくない。後で説明するよ」

結花って呼んでんのか、と三笠が高木先生に見えないようにぼくの胸を強くチョップした。

「何だよ、それ。ある日突然、美人の同級生と同じ家で暮らす？　世の中どうなってるんだ？」

世の中のことは知らない、とぼくはお返しに三笠の肩を突いた。

「だけど、そうなったんだからしょうがない。ぼくが決めたわけじゃないんだ」

お前はラッキーだよ、と三笠がシャーペンを机に放った。

「何つうのかな、ただきれいってだけじゃない。色気っていうか……」

うるさいぞ、と高木先生が投げたチョークが三笠の顔に当たった。笑い声が起きたけど、結花は無表情のままだった。

4

ホームルームが終わり、高木先生が教室を出ていくと、男子女子問わずクラス全員がぼくを取り囲んだ。

質問攻めに遭ったけど、ぼくも結花のことをよく知ってるわけじゃない。親戚なんだ、と繰り返すしかなかった。

　大人っぽいよなと誰かが言ったけど、結花が西園寺学園で留年したことは言わないように、と母から念を押されていた。もちろん、ぼくも話すつもりはなかった。誰だって、そんなこと知られたくないだろう。

　それに、結花の家の事情も細かいことは言えない。父親が交通事故で死んだとか、母親と姉が新興宗教にはまって出家したとか、変な噂が広まったらかわいそうだ。

　だから、話すことはあまりなかった。母方の従姉で、しばらく一緒に暮らすことになった、言えるのはそれぐらいだ。

「その親戚のことも、全然知らなくてさ」ほとんど会ったこともないんだ、とぼくは言った。「先週、いきなりうちに来た。その前に親から話はあったけど、いつ来るとか、そこまでは聞いてなかったから、こっちにしてみれば青天のヘキレキだよ。今日からうちで一緒に暮らす、浦高で同級生になるからあんたが面倒見なさい、だってさ。そんなこと言われても困るだけで――」

　そうは見えない、と小学校からの親友で、同じサッカー部の藤原《ふじわら》がにやにや笑った。

「あんな感じの女子はうちの学校にいない。大丈夫か、晃。ひとつ屋根の下で暮らすんだろ？　ヤバくないか？」

ヤバいって何だよ、とぼくは口を尖らせた。

「親戚だぞ？　何もないさ」

そうは言うけど、と藤原がぼくの肩に腕を回した。

「大人っぽいし、ちょっと蔭があっていい感じの子だ。お前もそう思っただろ？　気にならない方がおかしいって」

男子は下品よね、と言ったのはC組女子のリーダー、大貫温子《おおぬきあつこ》で、他にもいろいろ聞かれたけど、ぼくと結花はほとんど会話らしい会話をしていないから、性格もよくわかっていなかった。

それもあって一人、また一人とぼくから離れていき、最後に残ったのは小野萌香《おのもえか》だった。萌香と初めて会ったのは、中学に入った時だ。三年間、同じクラスで過ごし、二人とも浦高に進んだ。

どういうわけか、最初から気が合った。男子、女子という意識もなく、お互いを親友だと思っている。ぼくたちはそういう関係だ。

萌香と付き合ってるんだろ、とみんなに言われていた。それも当然かもしれない。しょっちゅう二人で一緒にいるし、誰よりも仲がいい。でも、家族みたいな感覚だから、付き合うなんて考えられなかった。

小柄で、笑うとえくぼができる萌香は男子人気も高い。それなのにボーイフレンドを作らないのは、ぼくにとっても謎だった。

萌香は頭が良くて、成績もいい。童顔なので子供っぽく見えるけど、いつも落ち着いている。そんな萌香が、心配そうにぼくを見つめていた。

「あの子……ちょっと変わってるよね」

気づくと、教室に結花の姿はなかった。みんながぼくを質問攻めにしている間に、帰ってしまったようだ。

事情があるんだ、とぼくは答えた。

「昨日、電話で話しただろ？　他の連中には言えなかったけど、結花には両親がいない。一人ぼっちなんだ。無口だし、暗い感じがするのはそのせいで――」

萌香とは電話でもよく話す。昨日の夜もそうで、話の流れで結花のことを説明していた。

違うの、と萌香が小さく首を振った。

「お父さんが交通事故で亡くなって、お母さんはショックで家を出たって言ってたよね？　だから、晃くんの家で引き取ることになったたって……西園寺は名門校だし、東京からいきなり埼玉に来て、不安なのはわかる。すぐにクラスになじんだら、その方がおかしい。そうじゃなくて、何か……変な感じがするの」

萌香が制服のブラウスの襟に触れた。変な感じって何だよ、とぼくは言った。

「自分のことを雨宮リカって呼んでって言ったからか？　ぼくは一度しか彼女の親と会ってない。双子の娘がいるのは聞いてたけど、結花と会ったのは初めてだ。双子の姉が梨花、妹が結花で、母さんは結花だって言うけど、本人は自分がリカだって譲らない。本当のところ、どっちが正しいのかぼくもわからないんだ」

聞いて、と萌香が一歩近づいた。

「自己紹介の後、あの子があたしの横を通って自分の席に座ったでしょ？」

「萌は窓側だからね」

嫌な臭いがした、と萌香が小声になった。

「こんなこと言いたくないけど……臭ったの。排水口みたいな、すごく嫌な臭い……」

萌香はきれい好きで、汚れや臭いに敏感だ。体育の時間の後、男子は汗くさいと言って教室に入るのを嫌がったこともあった。

ぼくが何を考えているのかわかったのか、萌香がため息をついた。

「汗とか体臭じゃない。もっと異質な臭いよ。中二の時、社会科見学で築地市場に行ったでしょ？　肉や魚、野菜の腐った臭いが溜まってる場所があったのは覚えてる？　あんな感じだった。でも、あの子が座るとすぐに臭いが消えて……晃くんは家で一緒にいるんでしょ？

気づかなかった？」

　さあ、とぼくは肩をすくめた。結花が家に来たのは八月二十五日だ。でも、月末までは広尾と家を行ったり来たりで、ほとんど顔を合わせていなかった。

　夏休みだから、ぼくにも予定があった。サッカー部の練習や、友達と遊びに行った日もある。

　食事が終わって片付けをすると、結花は部屋に戻り、風呂やトイレ以外出てこない。手伝うよとか、そんなこと言える雰囲気でもなかった。

　それだけじゃないの、と真剣な目で萌香が言った。

「あの子が横を通った時、腕に鳥肌が立った。あんなこと、今まで一度もない。すごく嫌な予感がする……晃くん、あの子に近づかない方がいい」

　うちで引き取るって決めたのは親なんだ、とぼくは頭を掻いた。

「ぼくに何が言える？　従うしかないだろ？　ひとつ屋根の下で暮らすんだから、少しは話もするさ。だけど、何も起きないって。変なこと言うなよ、萌らしくないぞ」

　本当は結花のことがずっと気になっていた。もう少しお互いに慣れてきたら、話がしたいと思っていた。

　何か言いかけた萌香が、諦めたように口を閉じた。ヤバい、とぼくは通学カバンを手に立ち上がった。

「一緒に帰れって言われてるんだ。走れば追いつくかもしれない」

じゃあな、と手を振ったけど、萌香が目を逸らした。ぎこちない笑みが顔に浮かんでいた。

5

学校から家までは一キロちょっとだ。早足で進むと、最後の私道を結花が折れていくのが見えた。

「迷わなかったか?」追いついて声をかけると、結花が振り向いた。「ほら、浦前高校には今日初めて行っただろ? 行きはぼくと一緒だったけど、帰りは――」

ありがとうと微笑んだ結花が鍵を取り出し、玄関の扉を開けると、お帰り、という俊幸さんの声が聞こえた。小さく頭を下げた結花がリビングを抜けて奥の和室へ向かった。

結花が笑った顔を見るのは初めてだ。それだけで嬉しくなった。

「どうした、機嫌がいいみたいじゃないか」

そう言った俊幸さんに、何でもないと首を振り、会社じゃないのと目だけで尋ねた。今日は代休なんだ、と俊幸さんが見ていたテレビのボリュームを下げた。

「二学期とはいえ、晃の始業式だからね。もちろん、結花ちゃんのこともあるけど……コンビニでお菓子を買ってきた。紅茶でもいれるよ」

サンキュー、とだけ言ってぼくは浴室の洗面台で手を洗った。

最初のうちは、俊幸さんとこんなふうに話せなかった。はい、そうです、ありがとうございます、そんな感じだ。

年齢のせいもあった。俊幸さんは五十二歳で、ぼくの実の父が生きていれば、母と同じ三十三歳だ。

年齢の離れた義理の父と、どうやってコミュニケーションを取ればいいのかわからなかった。

だけど、一緒に暮らすようになると、すぐ慣れた。さすがに父さんとは呼べないけど、ぼくたちはうまくいっている。

二十八歳の時、俊幸さんは同じ銀行の女性行員と結婚した。その年に孝司が生まれ、四十歳になる直前、奥さんが子宮ガンで亡くなった。

今、ぼくたちが住んでいる浦和の家は俊幸さんの生家だ。俊幸さんの両親、つまりぼくの義理の祖父母は、母との交際が始まった頃、故郷の鹿児島に帰っていた。余生は生まれ育った土地で暮らしたい、と前から話していたそうだ。

俊幸さんは銀座にあるつぼみ銀行の本店で働いている。浦和からだと遠い気もするけど、電車を乗り継ぐだけで、一時間もかからない。それもあって、浦和の家で暮らすことになった。

リビングに戻ると、紅茶のいい香りがした。休日でも俊幸さんはチノパンとボタンダウンのシャツを着ている。きちんとした性格なのは、初めて会った時からわかっていた。

紅茶は俊幸さんの趣味のひとつで、いれ方はかなり本格的だ。喫茶店にあるようなアンティークの陶器のティーポットを使い、ゆっくり蒸らしてから静かに注ぐ。流れるようなその動きが、ぼくは好きだった。

「母さんは？」

母は自分のことを奈緒美ちゃんと呼びなさいと言っていたし、ぼくもそうしていたけど、いない時は母さんと呼ぶ。

十五歳の高校一年生が母親のことを名前で、しかもちゃん付けで呼んでいたら、どうかしていると思われるだけだ。

「孝司と買い物に行ったよ」

車がなかっただろ、と俊幸さんが言った。言われてみると、庭の一部を改造したガレージに黄色いフィアットは停まっていなかった。

「一緒に行くよって言ったんだけど、ご主人様は家でお待ちください、だってさ。また荷物持ちかよって、孝司がぼやいてたな。奈緒美の買い物は時間がかかる。女性っていうのはどうして……聞かなかったことにしてくれ、怒られるのはぼくだからね」

了解、とぼくは指で丸を作った。どの家でもそうかもしれないけど、母はやたらと学校はどうなのと聞いてくる。

毎日何かが起きるはずもない。だけど、答えないと機嫌が悪くなる。正直言って面倒臭かった。

俊幸さんは違う。余計なことは聞かないし、言わない。何でも干渉してくる母より、俊幸さんといる方が楽だった。

食べないか、と俊幸さんがわさびせんべいの袋を差し出した。

「紅茶と合うんだ。ちょっと辛いけどね」

たっぷりミルクを加えた紅茶とわさびせんべいは意外に相性が良かった。結花ちゃんはどうだった、と俊幸さんが廊下の奥に視線を向けた。

「慣れてないから、疲れただろう。晃も気を使ったんじゃないか？」

二人で紅茶を飲みながら、しばらく話した。聞き上手な俊幸さんは格好の話し相手だ。

五歳の時、ぼくは実の父を亡くしている。それから六年近く清掃会社のパートとして働いていた母がつぼみ銀行で俊幸さんと出会い、一年ほど付き合ってから結婚した。四年前のことだ。

結婚にあたって二人が悩んだのは、お互いの子供との関係だった。母と孝司、ぼくと俊幸さんがうまくいかなかったら、どうにもならない。

それもあって、一緒に暮らし始めた時、俊幸さんはぼくと、母は孝司と積極的にコミュニケーションを取るようにした。そうすれば距離が縮まると考えたのだろう。

結果として、今ではぼくが俊幸さんの、孝司が母の実の息子のようになっている。ぼくと孝司の関係こそ良くないけど、それを除けばどこにでもある普通の家族だ。

俊幸さんがぼくを可愛がるようになったのは、孝司とうまくいってないせいもあるのかもしれない。二人はどこかよそよそしくて、目を合わせて会話するのを見たことがなかった。

もっとも、五十二歳の父親と二十四歳の息子が仲良く話していたら、それも変かもしれない。親子って、そんなものだろう。

俊幸さんと孝司は性格が全然違った。特徴的な尖った鼻や、背が高いところはそっくりだけど、誰が見ても孝司が俊幸さんの息子とは思わないだろう。

俊幸さんは真面目で、常識のある社会人だ。そうでなければ、銀行の役員になれるはずがない。

仕事熱心で面倒見もいい、と家に遊びに来た若い行員から聞いたことがある。付き合いも良く、会社の飲み会とか取引先の接待では趣味のマジックを披露したり、場を盛り上げる役目を買って出るそうだ。

でも、お酒はほとんど飲まないし、煙草も吸わない。苦手だからとゴルフには行かず、代わりに社内のテニスサークルの幹事をしていた。

ぼくも教わったことがある。コートを走る姿は大学生のようだった。

オシャレで、ファッションにもこだわりがあり、時間があれば本を読んでいる。銀行マンだから経済書かなと思っていたけど、ほとんどはイギリスやロシアの小説だった。ぼくも読書が好きだから、その辺りも話が合った。

孝司は本を読まない。大学では軽音サークルに入っていて、聴くのはハードロックやヘビメタばかりだ。夜中でも大音量で流しっ放しにするから、隣の部屋のぼくにとってはいい迷惑だった。

流行《はやり》だと言って、ベルボトムのジーンズにTシャツ、それに黒のジャケットを合わせ、サングラスを手放さない。

組んでいるバンドでは、ボーカルを担当している。ファンの女子大生の家を泊まり歩いたり、そんなこともあったようだ。

母が注意したためか、最近は少しまともになっている。でも、四人で暮らし始めた頃は、昼からリビングでビールを飲み、そのままふらっと出ていって何日も帰らないことも珍しくなかった。

俊幸さんに反抗する気持ちは、わからなくもない。名門慶葉大学出のエリート銀行マンと、浪人して誰も知らないような新設の私大に入り、留年もしている孝司では、比べることさえできなかった。

劣等意識が反抗心に変わったのかもしれない。俊幸さんを見る目に敵意に近い何かが浮ぶのは、そのためだろう。

悪口ばかり並べてしまったのは、ぼくと孝司が合わないせいもある。要するに虫が好かないだけで、最初から違う世界にいるとわかっていたから、なるべく顔を合わせないようにしていた。

それは孝司も同じで、ケンカするとか、わかりやすく関係が悪化することはなかった。お互いの部屋を領土に不可侵条約を結び、冷戦状態が続いている。

母はぼくたちのことを気にしていない。義理の兄弟が不仲なのは当たり前だ、ぐらいに思ってるのかもしれない。

困っているのは俊幸さんで、義理であっても兄弟なんだから、仲良くしてほしいと言われたことがあった。

だけど、これぱかりはどうにもならない。どれだけ時間が経っても、ぼくたちの関係は変わらないだろう。

理由を説明するのは難しい。強いて言えば、ぼくにとって孝司は蛇や蜘蛛と同じだった。見るだけでも気持ち悪いし、触るなんて考えられない。それは本能的な恐怖で、生理的に無理だ。

だから、孝司の責任じゃない。だけど、どうしようもない嫌悪感があった。触れたら穢《けが》れると思っていたぐらいだ。

でも、俊幸さんとは不思議なぐらいうまくいっていた。五十二歳という年齢の割に若々しいし、白髪交じりの髪やファッション、整った顔立ちも含め、こんな大人になりたいという憧れがあった。

学校には五十代の先生が何人かいるけど、みんな年齢より老けて見えた。仕事や、見た目のこともあるんだろう。

ただ、俊幸さんは他のオジサンたちと全然違った。頭もいいし、ぼくのことを子供扱いしない。義理の父子というより、感覚としてはもっと近い関係だ。

「リビングでお茶でも飲まないかって、結花ちゃんに声をかけてくれないか」

ひとしきり学校の話が終わったところで、俊幸さんが言った。

「月曜から仕事で、ぼくは次の土曜まで帰れない。結花ちゃんとも話しておきたいんだ」

俊幸さんが忙しいのは、理由があった。二年前、つぼみ銀行の女子行員が三億円を横領して逮捕されるという事件が起きた。

警察が調べると、五年以上にわたって犯行を続けていたことがわかり、あっと言う間につぼみ銀行の信用度が落ちた。ぼくもニュースで見たけど、一時は倒産するという噂が流れたぐらいだ。

横領を見抜けなかった行員の上司、監査部の役員たちは責任を問われ、ほとんどが退職していった。新しく監査部の役員になったのが俊幸さんで、信頼回復のため自ら全支店を回り、不正防止に努めている。平日、ほとんど家に帰れないのはそのためだ。

でも、年明けにはその仕事も終わり、来年からは本店で監査部役員としての業務に戻ることになっていた。その時は普通のサラリーマンと同じ、九時五時の生活になるはずだ。家で過ごす時間も増えるから、ぼくは楽しみにしていた。

和室に向かい、名前を呼ぼうとすると、襖《ふすま》が音もなく開いた。目の前に結花が立っている。

思わず、ぼくは早口になった。

「あのさ、俊幸さんが一緒にお茶でも飲まないかって――」

ありがとう、と結花がぼくの目を見つめた。吸い込まれそうな感覚があった。
「でも……晃くんと二人ならいいけど、おじさんが一緒だとちょっと……ごめんなさい」
結花が襖を閉めた。ぼくは浮かんでくる笑みを抑えるために、無理やり顔をしかめたまま
リビングに戻った。

6

母と孝司が帰ってきたのは、それから一時間ほど後だった。

ああ疲れた、と椅子に腰を下ろした母が、台所に置いてきて、と孝司が持っていた大きなスーパーのレジ袋を指した。

「パパが月曜からしばらく帰ってこられないでしょ？　だから、今夜はごちそうにしようと思って、いろいろ見て回ってたの。でも、どこも混んでて……人疲れっていうの？　お茶飲んで休んでたら、結局こんな時間になっちゃった。今、何時？」

五時だよ、とぼくは言った。待たせてゴメンね、と母が小さく舌を出した。

「始業式、どうだった？　結花は？　晃、ちゃんと面倒見たんでしょうね。あの子はまだ友達もいないのよ。かわいそうだって思わない？　思うよね？　結花のこと、頼んだわよ。男

の子なんだから、責任があるでしょ？」

　東京と埼玉ではそんなに違わないし、責任と言われても困るけど、結花のためなら何でもするつもりだった。

　だけど、まだ早いと思っていた。結花は人見知りで、母や俊幸さん、孝司ともほとんど話していない。

　落ち着いたら、いろいろ話せばいい。無理しても仕方ないし、ぼくには心を開き始めている。そんなに先の話じゃないとわかっていた。

「奈緒美ちゃん、これどうすんの」冷凍パックの牛肉を手にした孝司が、台所から出てきた。「解凍するわけ？　それとも冷凍庫に入れておく？」

　少しは休ませてよ、とため息をついた母が台所に向かった。入れ替わりにリビングへ戻ってきた孝司が、優雅なティータイムか、と蔑むような目でぼくと俊幸さんを交互に見た。

　飲まないか、と俊幸さんがティーカップを指したけど、鼻で笑った孝司がリビングを出て、自分の部屋のドアを開けた。

「メシが出来たら呼んでくれ」

　大きな音を立てて孝司がドアを閉めた。大人気ない態度はいつものことだ。

　テーブルを片付けよう、と俊幸さんが立ち上がった。

「またすき焼きだろう。奈緒美がごちそうと言ったら、それしかないからな……ぼくはカセットコンロの用意をするから、晃は奈緒美の手伝いを頼む」

台所に回ると、母が鼻歌を唄いながら白菜を包丁でざくざくと切っていた。気分屋だけど、今日は機嫌がいいようだ。

「何かすることある？」

お皿を運んで、と母が言った。

「あれよね、リビングのテーブルって四人掛けじゃない？　長方形だから、当たり前だけど」

「普通そうだよ」

一人増えたでしょ、と母が包丁を置いて振り向いた。

「パパがいない時はいいんだけど、今日みたいに五人揃っちゃうと、席順とか考えちゃうよね。結花だけ別ってわけにもいかないし、あんたと並んで座るしかないけど、狭くなるでしょ？」

仕方ないよ、とぼくは食器棚から人数分の皿を取り出した。

「そんなの最初からわかってた話じゃないか。母さんが結花を引き取るって決めたんだから――」

奈緒美ちゃんでしょ、と母が持ち直した包丁を大きく左右に振った。

「母さんなんて止《や》めて。あんたの友達のママさん連中とあたしは違う。一緒にされたら、あたしもオバサンの仲間入り。晃だって、母親は若い方がいいでしょ？」

どっちでもいい、とぼくは目を逸らした。母はいつも女子大生みたいな服を着ている。ぎりぎりで着こなせているけど、無理があるのも本当だった。

若い方がいいに決まってる、とまた母が白菜を切り始めた。

「ほら、晃の友達の三笠くん？　あの子のお母さんって、もう五十歳なんだってね。ＰＴＡで会うけど、見ていて辛くなっちゃう。肌なんかおばあちゃんみたいだし、どこで買ったのかわからないモンペみたいな服着て、みっともないって思わないのかな……ああ、ゴメンゴメン、三笠くんの悪口じゃないの。怒ることないでしょ？」

どこか無神経なところが母にはある。悪気がないから、手に負えなかった。

「他には？　何かある？」

卵持ってって、と母が冷蔵庫の下にあるビニール袋を足で指した。

「パックごとでいいから。十個入りで二百円だったの。安いと思わない？」

相手をするのも馬鹿馬鹿しくなって、ぼくは皿と卵のパックをリビングに運んだ。俊幸さんがカセットコンロをテーブルの真ん中に置いていた。

7

俊幸さんが言った通り、その日の夕飯はすき焼きだった。

六時になり、準備を済ませた母が孝司の部屋をノックし、ついでに結花を呼びに行った。テーブルに五人が揃った。でも、結花は話さないし、孝司は買ってきた缶ビールを飲み、薄笑いを浮かべているだけだ。人数の割には静かだった。

俊幸さんがぼくと結花に学校のことを聞いたり、テレビをつけた母がニュースを見ながら喋っていた。何もないまま夕食が終わった。

でも、どこの家でもそんなものだろう。夕食のたびに盛り上がるのは、ホームドラマの中だけだ。

升元家にはいくつか決まり事があって、食事を作るのは母、後片付けはぼくと孝司の担当で、交替で皿を洗い、食器棚に戻す。うちに来てから、結花もそれに加わっていた。

今の家を俊幸さんのお父さんが建てたのは、戦後すぐだった。だから、最近では珍しい平屋建てだ。

その分敷地は広く、庭も大きい。玄関から入ると、すぐ左にトイレ、短い廊下を挟んでリビングがある。

リビングの左右にもドアがあり、左は台所で、その奥が浴室に続いている。浴室の向かいに和室がひとつあり、廊下の突き当たりが勝手口という造りだ。

和室はもともと客間で、十畳ほどの広さがある。今はそこが結花の部屋になっていた。

右のドアを開くと長い廊下があり、向かい合わせに洋間が二つあった。右側の洋間は母と俊幸さんの寝室で、十五畳と大きい。

もうひとつの洋間はぼくと孝司の部屋で、結婚が決まってから真ん中に急拵《ごしら》えの壁を作り、半分に分けていた。ドアも二つついている。

それでも一人六畳あるから、狭いわけではない。それまでぼくはアパートかマンション、それも1Kとか1DKとかに住んでいたから、広い家に住めるだけで嬉しかった。

夕食が終わると、孝司が部屋に戻っていった。すき焼きをつまみに缶ビールを三、四本空けていたけど、まだ飲み足りないようだ。

結花が来てから困ったのは、風呂に入る順番だった。浴室は台所の奥だから、タイミングが悪いとパンツ一枚の姿を結花が見てしまうかもしれない。お互い気まずくなるのは、考えるまでもなかった。

それもあって、夕食が終わったら結花が最初に風呂に入ることになった。結花が出てくるまで、浴室は立ち入り禁止だ。笑い話みたいだけど、それが一番現実的な解決策だった。

　この日はぼくが後片付けの当番で、結花がバスタオルや着替えを持って浴室へ向かったのを確かめてから、台所で皿を洗い始めた。

　リビングに残っていたのは母と俊幸さんだけだった。二人が話す低い声がドア越しに聞こえた。

「それで、結花ちゃんの件はどうなった？　本当に養女にするつもりかい？」

　俊幸さんの問いに、弁護士さんや区役所の人、それに税理士さんもその方がいいって言ってる、と母が答えた。

「麗美さんが宇宙真理教に寄付していたのは話したっけ？　三千万円だって……信じられる？　そんな大金を有坂《ありさか》とかいう教祖に貢いでたのよ。どうかしてるとしか思えない」

「雨宮の家は昔から医者だったんだろ？　夫の武士さんが麻布のクリニックを継いだそうだね。それにしても三千万とはなあ……」

　本当はもっと大きな額を寄付していたはず、と更に母が声を低くした。

「税理士さんが教えてくれたの。その三千万円は広尾の家を担保に銀行から借りたお金で、麗美さんの通帳も残額はほとんどなかったって」

　一度行ったな、と俊幸さんが言った。

「結婚する前、近くだから寄ってみようって君が言ったんだ。凄い豪邸だったな。三千万どころか、一億はするんじゃないか？　場所もいいし、資産価値が高いのは銀行マンとして保証できるよ」

それはダイマル銀行の担当者も言ってた、と母が空咳をした。

「だけど、急いで三千万円の現金を用意してほしいって麗美さんが頼んだそうよ。弁護士さんに言わせると、教祖の有坂が現金を必要としていたんだろうって……きっと、搾れるだけ搾り取ろうって考えたのよ。だってね、麗美さんが出家した三カ月後に宇宙真理教は解散してるの。計画解散っていうか――」

計画倒産は聞いたことあるけど、と俊幸さんが苦笑する声がした。

「宗教団体でもそんなことがあるのかなあ……つまり、このままだと広尾のあの家は抵当に取られて、ダイマル銀行の物になるってことか？」

そうみたい、と母がため息をついた。

「でも、名義はまだ麗美さんのままだし、彼女はどこにいるのかわからない。宇宙真理教は解散して、有坂って教祖も姿を消したけど、他のメンバーがメシアの輪って名前で活動を再開してる。相手が新興宗教団体だと、ダイマル銀行としても下手なことはできないそうよ」

事情はわかる、と俊幸さんが言った。

「後で問題になりかねないからね。信徒の財産を勝手に処分したとか、訴えられると面倒なんだ。信仰の自由は憲法で保障されている。それを侵害すると、銀行が不利な立場になりかねない。宗教団体はいろいろ難しいんだよ」

「だから延び延びになってたけど、このままだと今年中に借入金の返済を訴え出るってダイマル銀行は言ってるの。結花が成人していたら、クリニックを売却して、そのお金を返済に充てることができるんだけど、裁判所は十六歳だと判断能力がないって見なすみたい」

「そりゃそうだろう。未成年者にそんな判断は下せない。裁判所じゃなくたって、誰でもそう考えるさ」

　だからね、と母が身を乗り出す気配がした。

「うちがあの子を養女にすればいいんじゃない？　渋谷区の福祉課や家庭裁判所は、あたしに監護権があると認めてる。親戚だから、権利はあるし、義務でもあるって」

「確かにそうだ」

「今はうちで預かっている形だから、戸籍上はまだ雨宮結花よ。あたしが升元結花の名前を学校に届け出たのは、通称って意味でしかない。養女にすれば、あたしが親権者として麻布のクリニックを処分できる。そのお金を銀行の返済に回せば――」

　待ってくれ、と俊幸さんが戸惑ったような声を上げた。

「どうするつもりだ？　結花ちゃんは君の姪《めい》だから、ぼくが口を出すことじゃないと思ってたけど、もっときちんと話してくれないか？」

「どうして？」

「麗美さんが広尾の自宅を抵当に入れて、三千万円をダイマル銀行から借りた。そこまではいい。借りた金は返さなければならないから、他の不動産がなければ、家を売るしかないのもわかる。その判断は未成年者にできない。だけど、養女にしたからと言って、親権者が何でも決めていいわけじゃない。弁護士もそう言ってたはずだ」

　じゃあどうすればいいの、と母の声が高くなった。

「このままだと、広尾の家は銀行に取られちゃうのよ？　うちが結花を引き取ることになったのは仕方ないけど、服代や食費とか学費、いろんなお金がかかるでしょ？　養女にすれば、あたしがあの子の代わりにクリニックを売却できるの。税理士は五千万円以上になるって言ってた。そのお金を結花のために使えばいいんじゃない？」

　よくわからないな、と俊幸さんが言った。

「今年中と言ったね？　まだ時間はある。ぼくも弁護士や税理士と会って、話をしてみたい。何が結花ちゃんのために一番いいのか、もっと考えるべきだろう。急いで決める必要はないんだ」

「そうだけど……」

重ねていたプラスチックの皿にぼくの肘が当たり、一枚が床に落ちた。その音が聞こえたのか、二人が会話を止《や》めた。

「晃？　そこにいるの？」

もう終わった、とぼくは皿を元の場所に戻した。その時、鼻に何かが突き刺さった。異臭だ。

腐った魚とか、そういう類いじゃない。嗅いだことのない悪臭だった。

その臭いには敵意、そして悪意が籠もっていた。ぼくの中へ入り、内側から壊そうとしている。そんなことあるはずないとわかっていたけど、そうとしか思えなかった。

（どこから臭ってる？）

シンクの三角コーナー、排水口を順に覗いた。でも、臭いの素になるような物はなかった。ダクトが詰まっているのだろうか。

気配を感じて振り向くと、パジャマの上にカーディガンをはおった結花が立っていた。長い髪からシャンプーの香りが漂っている。首元からうなじのラインがきれいだった。

どうしたの、と結花が囁いた。何でもない、とぼくは慌てて手を振った。

「ゴキブリがいたんだ……お風呂、出たの？」

うなずいた結花が奥の和室に入っていった。ぼくは自分の鼻を手の甲で塞いだ。シャンプーや石鹸の香りでは消せない臭いが、結花の全身を覆っていた。

中学で同じクラスだった倉持《くらもち》の顔が頭を過《よぎ》った。腋臭《わきが》が酷くて、病院に通っていたけど、体質による病気だから手術することになるかもしれないと話していたのを覚えている。結花もそうなのだろうか。

（そんな馬鹿な）

並んで一緒に食事をしていた時、あんな悪臭はしなかった。どんなに髪や体を洗っても、あの臭いは隠せない。

だいたい、結花みたいなきれいな子から、あんな酷い臭いがするはずがない。

『汗とか体臭じゃない。もっと異質な臭いよ……でも、あの子が座るとすぐに臭いが消えて……』

萌香の声が頭に浮かんだ。どう考えていいのかわからないまま、台所を出た。気づくと、悪臭は嘘のように消えていた。

2章　先生

1

「三島由紀夫は自分が生まれた時のことを覚えていたそうだ」

中学一年生の時、国語の先生が授業の合間にそんな話をしていた。

三島由紀夫が作家なのは知ってる。でも、小説を読んだことはない。中一なら誰でもそんなものだ。

その授業は六限目で、放課後にほとんどのクラスメイトが教室に残り〝初めての記憶〟の話で盛り上がったのを覚えている。

その中には赤ん坊の頃の話をする者もいたけど、たぶん嘘なんだろう。錯覚と言った方がいいかもしれない。

本当は覚えていないのに、親や兄姉からいろいろ聞かされて、それを自分の記憶だと思い込んでしまった、そんな感じだ。

もちろんそれは数人で、三歳か四歳の時にあった出来事を話す者の方が多かった。四十人の生徒のうち、三十人ぐらいがそうだったと思う。

でも、それは断片的な記憶でしかなく、三歳の時に転んで瞼《まぶた》を切り、顔中血だらけになったとか、そんなエピソードを話す者でも、細かく聞いていくとディテールは曖昧だった。どこで転んだのか、何で瞼を切ったのかを聞くと、そこまでは覚えてないという答えが返ってくるだけだ。

クラスメイトの大半は十二歳で、たった八、九年前のことでも、正確に覚えている者はいなかった。

ぼくがはっきり覚えているのは、四歳の時に両親と池袋の水族館に行ったことだ。写真が残っているせいもあるけど、生まれて初めての水族館だったから、印象が強かったんだろう。

その前には上野の動物園へも行ってるし、その時の写真もあるけど、具体的な記憶はない。だからぼくの〝初めての記憶〟は四歳の時だ。

今もその写真はアルバムに貼ってある。ぼくはそれを勉強机の一番下の引き出しに入れて、たまに見ていた。

ペンギンの群れをバックに父と母がぼくを挟み、三人でピースサインを出している。少し色が褪せてるけど、幸せそうな家族写真だ。

そこに写っている父は俊幸さんじゃない。ぼくの実の父親、升元満春《みつはる》だ。

ややこしくなるので満春父と呼ぶことにするけど、母と満春父は愛媛県の松山で生まれ育った同じ歳の幼なじみだった。

家が近所でよく遊んでいたけど、特に親しいわけではなかったと母に聞いたことがある。いろいろあって、高校二年の夏から付き合い出したそうだ。

細かいことは母も言わなかったし、ぼくも聞かなかった。両親のなれそめなんて、あんまり聞きたくない。

満春父は他校も含め、女子生徒から人気があったらしい。身長こそそれほど高くないけど、ちょっとハーフっぽい彫りの深い顔立ちで、脚が長く、均整の取れたスタイルの持ち主だったから、本当なんだろう。

高校時代はサッカー部のエースストライカーで、オートバイで登校していたというから、スポーツマンだけどヤンチャなところもあったのかもしれない。女子生徒が憧れたというのもうなずける。

「でも、あたしの方がモテたのよ」

満春父の話をする時、必ず最後に母はそう付け加えた。うるさく言い寄ってきたから、仕方なく付き合ってあげた、と言いたいらしい。母が美人なのは本当だから、丸っきりの嘘ではないとぼくも思っていた。

でも、その後の話は少しあやふやだった。高校卒業と同時に結婚し、ぼくが生まれてから就職のために上京したと母は話していた。

でも、ぼくの誕生日は九月三十日だ。生まれたのは両親が高校を卒業した年だから、計算が合わない。

おそらく、母が妊娠したのは高三の終わりだったのだろう。女子高生が妊娠したら大騒ぎになるのは、わかりきった話だ。

妊娠を知った親や親戚が怒り、二人を責めたとしてもおかしくない。東京に出てきたのは、松山に居辛くなったせいかもしれない。

ぼくが生まれたのは目黒の病院で、その時の写真も残っている。ただ、目黒で暮らした記憶はない。池袋の水族館に行った時、住んでいたのは府中市のアパートだった。

府中には満春父が働いていた会社があった。美津島《みつしま》建設と名前だけは仰々しいけど、従業員十人ほどの小さな工務店だ。

美津島というのは社長の名字で、高校時代の満春父の親友、桑田《くわた》さんの親戚だった。満春父と母はその人を頼って東京に出てきたそうだ。

四十代半ばで、少し太っていたけど、いつもにこにこ笑っている優しい人で、ぼくもよく遊んでもらった。子供が好きだったんだろう。

桑田さんの口利きもあって、満春父は美津島建設で働くことになった。工業高校卒で、現場作業が得意だったと会社の人たちが話していた。

府中のアパートは、美津島社長が紹介してくれた物件だった。間取りは1DKで、すごく狭かった。玄関のドアを開けるとすぐ台所で、そこに四人掛けのテーブルがあった気がする。ダイニングキッチンというと聞こえはいいけど、スペースは九畳ほどしかなかった。ぼくたちが寝起きしていたのは、襖一枚隔てた奥の六畳間で、バストイレは共用だった。

そのアパートで暮らし始めた時、両親は十八歳だった。松山から東京に出てきて、慣れない都会暮らしに戸惑っただろうし、経済的にも苦しかったはずだ。

それでも、二人はそれなりに幸せに暮らしていたんだと思う。水族館の写真に写っている三人の満面の笑みには、〝幸福な家族〟というタイトルがぴったりだ。

満春父は毎日朝早くから出掛け、陽が沈む頃に帰ってきた。後で会社の人に聞いたのだけど、仕事熱心で、手を抜いたりサボったり、そんなことは一切なかったという。誰からも可愛がられ、信頼されていた。

アパートの住人にも気軽に声をかけ、時には部屋で一緒にビールを飲んだりすることもあった。リーダー気質だったのは確かだ。

いつも真っ黒に陽焼けしていて、家に帰るとぼくを肩車して風呂に入る。力が強くて、ぼくの体を洗う時は痛いぐらいだった。でも、それも嫌じゃなかった。

休みの日は母とぼくを連れて買い物に行ったり、アパートの近くの公園で遊んだり、とにかく優しい人だった。その記憶は今も鮮明だ。

思い出はたくさんある。幼稚園の運動会、七五三、春の花見。夏に千葉の海水浴場へ行ったこともあった。

ぼくがはしかにかかった時は、寝ずに看病してくれた。神社の縁日でリンゴ飴を食べたとか、もっと些細な日々の記憶も残っている。

小さい頃は何もかもがごちゃごちゃだから、時期が前後していることもあるだろう。ただ、満春父と一緒にいると楽しくて、幸せだったのは間違いない。

ぼくたちが遊んでいると、犬の親子みたいねといつも母が笑っていた。本当にそんな感じだった。

満春父が工事現場で転落死したのは、ぼくが五歳の時だ。幼稚園の年長組に進んで二カ月ほど経った雨の夜だった。

2

その年の梅雨入りは早く、六月になると毎日のように雨が降っていた。満春父は大工だから、雨の日は仕事が休みになる。

美津島建設に入社して約六年が経ち、前年の秋から満春父は現場監督を任されるようになっていた。

担当していたマンションの塗装工事が大幅に遅れていたので、雨が小降りになった時、満春父は現場を見に行った。そこで足を滑らせて六階の足場から転落し、全身打撲で死んだ。六月二十一日の夜だった。

ぼくはまだ五歳で、夜遅くにかかってきた電話に出た母が声を上げて泣き出しても、どうしたんだろうと思っただけだ。

パパが死んだのよ、と泣きながら母が言ったのを覚えている。ぼくにはその意味さえわからなかった。

いつも元気で、大きな声で笑っている人だったから、満春父と死が結び付かなかったのかもしれない。

その後のことはよく覚えていない。ぼくは母に連れられて病院へ行っているし、霊安室で満春父を見たはずだけど、何もかもがぼんやりしている。

葬式のことは、少しだけ記憶がある。ぼくは母が用意した喪服を着て、満春父の遺影を抱えていた。

どうしてたくさん人が集まってるのと母に聞いたのは、満春父の死がよく理解できなかったからだろう。だから、泣いたりもしなかった。

葬式の間、パパはいつ来るのとずっとぼくは聞いていたそうだ。母は何も答えず、ただ首を振るだけだった。

葬儀場には親戚とか会社の人や高校時代の友達が集まっていた。それが楽しくて笑っていた気もする。間抜けな話だけど、五歳の子供なんてそんなものかもしれない。

葬式が終わった後、満春父と母の両親、親戚や会社の人たちが集まって話をしていた。その間、ぼくは親戚の子供たちと一緒に遊んでいた。

今考えると、母とぼくのことで相談をしていたはずで、そこにいても邪魔になるだけだから、みんなで遊んでなさいと言われたのだろう。

どんな話し合いがあったのか、それはわからない。とにかく、母はぼくと東京で暮らすと決めた。松山に帰りたくなかったのかもしれない。

その年の暮れ、明大前の1Kのマンションに引っ越し、翌年の四月にぼくは小学校に入学した。

母は新宿に本社がある清掃会社で働くことになった。企業や事務所から依頼があると、オフィスの清掃をする会社だ。

母は契約社員だったようだけど、六歳の子供に正社員との違いなんてわかるはずもないから、詳しいことは覚えていない。

社員が帰ってから清掃を始めるので、毎晩ぼくに夕食を食べさせてから七時過ぎにマンションを出て、明け方帰宅する。それから朝食を作り、ぼくが学校に行くと寝るという昼夜逆転の生活になった。

母に仕事を世話してくれたのは、美津島社長だった。満春に無理をさせるつもりはなかった、と母に詫びる姿を何度も見ている。満春父の死を、自分の責任だと考えていたのだろう。

美津島社長はしょっちゅうマンションに来て、満春父の遺影に手を合わせていた。満春父は自分の判断で工事現場に行き、足場から転落して死んでいる。だから社長に責任はないのだけど、社員を事故死させたことを悔やんでいたようだ。

父は仕事中に死亡したので、労災保険が下りていた。それに加えて、美津島建設は全社員に生命保険をかけていた。

普通のサラリーマンより危険な作業が多いから、補償が手厚くなければ社員も安心して働けない。

長期入院が必要な怪我や、死亡した場合に備えて、保険は家族、そして会社にも支払われることになっていた。美津島社長は会社への給付金を別の名目で毎月母に渡していた。それが社員の家族にできる精一杯の償いだったんだろう。

会社の同僚たちも、毎週のように誰かしら来ていた。満春父は誰からも好かれていたから、その死を悼む人は多かった。

でも、会社の人たちは仕事があるから、だんだんと足が遠のいていった。一年ほど経つとマンションに来るのは美津島社長だけになっていた。

リトルリーグの野球用具やゲーム機なんかを買ってくれたのは、罪滅ぼしのつもりだったのだろうか。

美津島社長はいい人だけど、一緒にいて退屈だったのも本当だ。母はオジサンと蔭で呼んでいたし、見た目も含めてオジサンだった。

最初の一年は週に一、二度マンションへ来ていたけど、だんだん間隔が空くようになり、小三の終わり頃には月に一回来るか来ないか、そんな感じだった。

肝臓ガンで亡くなったと聞いたのは、小学四年生の冬だ。母と二人で葬式に行ったのを覚えている。

それから一年ぐらい経った翌年の十月、俊幸さんが家へ来た。清掃の派遣先だったつぼみ銀行で知り合い、お友達になったのと母が話してたけど、ぼくも十一歳になっていたから、もっと親しい関係なのは様子を見ていればわかった。

それから、休みの日に俊幸さんがマンションを訪ねてくることが多くなり、晃のパパになるのよ、と母が言ったのは年明けだった。

満春父のことを忘れたわけじゃない。でも、俊幸さんは大人で、何でも知っていたし、ぼくを子供扱いしなかった。いい人なのは最初からわかっていたから、ぼくはすごく嬉しかった。

二月の初めに母と俊幸さん、そして孝司の四人で食事した。話していたのは母と俊幸さんで、ぼくと孝司は互いに睨み合っていただけだ。

孝司のことは聞いてたけど、会うのはその時が初めてだった。最初から何となく嫌な感じがしたけど、そんなことを言える雰囲気ではなかった。

そこからの流れは速く、二人が結婚したのは約四カ月後の六月だった。母はぼくを連れて浦和の俊幸さんの家に引っ越し、四人での暮らしが始まった。

孝司と合わないのはわかっていた。だけど、小学六年生と大学生では住む世界が違うから、ケンカにまではならない。平和な四年間が過ぎ、やって来たのが結花だった。

3

結花が家に来てからひと月が経った。無口で、ほとんど喋らないのは変わらない。

女子たちの中には、気取っているとか、態度が悪いと言う子もいた。女子たちの側にコンプレックスがあったのは確かだ。

東京から来た西園寺学園出身の美少女というのは、プロフィールとして文句のつけようがない。

転校してすぐ、英語の小テストがあったけど、クラスでトップの成績だったから、頭の良さも折り紙付きだ。蔭口を叩く気持ちはわからなくもない。

でも、それは違う。結花が無口だから、気取っていると思われているだけだ。

あたしたちとは話す気になれないんじゃないの、と誰かが言ってたけど、そういうことでもない。

小学生の時に、転校してきた子がいた。クラスになじむのに時間がかかっていた。声をかけたくても、簡単にはいかない。

小学生なら何とかなるけど、高校生だと難しい。クラスにはそれなりに人間関係ができているから、二学期に転校してきた結花も友達を作り辛かっただろう。

埼玉県民の東京に対する僻《ひが》みだ。上から目線だよねと文句を言う女子もいたけど、そもそも上も下もないだろう。ダサイタマと呼ばれているぐらいで、イメージこそ悪いけど、ぼくが住んでいた頃の府中と比べると、浦和の方がよっぽど都会だ。

でも、結花と友達になってくれとぼくが頼むのもおかしい。黙って見ているしかなかった。

逆に、男子たちの人気は高かった。結花はきれいな子だし、東京から来た美少女というだけで、憧れの対象になったのは当然かもしれない。

転校初日からひと月の間に、十人以上の男子から手紙を渡してくれと頼まれた。親戚だし、ひとつ屋根の下に暮らしてるんだから、引き受けるのが友情ってもんだろうと無茶を言う奴もいたぐらいだ。

断るわけにもいかないから、預かった手紙は結花に渡すしかなかった。でも、家のゴミ箱に直行するだけだった。

野球部のエース、河村《かわむら》先輩の手紙を捨てているのを見た時は、ちょっとほっとしている自分がいた。

翌日、どうだったと聞かれても、そんなこと言えるはずもない。本人に聞けよと言って、逃げるしかなかった。

一年C組に美少女が転校してきたという話はすぐ学校中に広まり、噂が噂を呼んで、昼休みや放課後に学校中の男子が見に来るようになった。

煩わしいと思ったのか、午前中の授業が終わると結花は教室から出ていってしまう。それがますます神秘性を煽って、一時は正門の前で下校を待つ男子が列を作ったほどだ。

ある意味で、結花は一種のイベントだった。突然現れた美少女に好奇の目を向けるのは、誰だってそうだろう。

でも、その存在に慣れてしまえば騒ぎは収まる。十月に入ると、周囲も静かになっていた。

結花と話すようになったのは、その頃だった。ぼくと結花は同じ家から同じ高校に通っているから、一緒に登校する。

ずっと黙っているのも不自然だし、仲良くなりたかったから、ぼくの方から積極的に話しかけるようにした。

結花も慣れたのか、だんだんと会話の量が増えていった。不思議、と結花が言ったのは先週だ。

「晃くんには何でも話せる。話していて、こんなに楽しいって思ったのは初めて。すごく嬉しい。晃くんはリカのことが何でもわかるんだね」

学校がもっと遠かったらと思った。それなら、いつまでも結花と話せるのに。

だけど、教室に入ると結花は口を閉ざしてしまう。それは家でも同じで、二人だけだと結花の方から話しかけてくることもあるけど、母や孝司、俊幸さんがいると、急に無言になる。

「もっとみんなと話した方がいいんじゃない？」

そう言うと、晃くんと話すのが一番楽しいの、と結花が頰を真っ赤に染めた。

「他の人は怖いし、嫌なの。話したくない。晃くんがいればリカはそれでいい」

結花が本当にそう思ってるのは、声や表情でわかった。告白して付き合うことも考えたけど、俊幸さんはともかく、母と孝司がどれだけからかうかわからない。

二人とも遠慮がない性格だから、ちょっと手が触れただけでも何か言うに決まってる。結花は繊細な性格だから、それだけでぼくと話さなくなってしまうかもしれない。

焦る必要もないし、今の関係をしばらく続けた方がいい。いずれは付き合うことになるんだから、ベストなタイミングを待とう、とぼくは思っていた。

4

十月二週目の月曜、昼休みに高木先生がぼくを呼んだ。何か怒られるようなことをしたのかと思って職員室へ行くと、どうなんだあの子は、と高木先生が前置き抜きで言った。

「あの子？　結花のことですか？」

他にいないだろう、と高木先生が腕を組んだ。

「いつも一人でいるようだ。最初は仕方ないが、そろそろ友達ができてもいい頃じゃないか？」

そうかもしれないけど、とぼくは言った。

「結花は積極的な性格じゃないし、友達って無理に作るものじゃないでしょ？」

情けないなあ、と高木先生が職員室の天井を見上げた。

「いつも言ってるだろ？　人には優しく、だ。お前は結花の親戚で、あの子はお前の家で暮らしてる。力になるのが男ってもんじゃないか？」

それは余計なお世話だろう。ぼくと結花は友達どころか、それ以上の関係と言っていい。本人が他の誰とも話したくないと言ってるんだから、それでいいはずだ。

「クラスの女子と話をさせたらどうだ？　晃が間に入れば簡単だろ？」

簡単どころか、何よりも難しい。それでなくても、女子同士の関係は複雑だ。下手に動けば、かえってまずいことになる。

「例えばバレーボールを一緒にやるとか、それだけでも心を開きやすくなるんじゃないか？」

　マンガの読み過ぎだよ、とぼくは口を尖らせた。

「そんなの通用するはずないって。先生の頃はそれでどうにかなったかもしれないけど、今は無理だよ」

　年寄り扱いするな、と高木先生が苦笑した。友達感覚で生徒に接するのが、先生のいいところだ。

「しかしな、心配は心配だ。高校生活は三年しかない。無駄に費やすのはもったいないと思わないか？　友達と遊んだり、話したり、恋愛とかそんなこともあっていい。わかるだろ？」

　二学期に転校してきたのはハンデになる、と高木先生が言った。

「中途半端な時期だから、クラスの輪にも入りにくい。自分の方から話しかけるとか、何かしらの努力をするべきかもしれんが、難しいのは本当だ。助けてやれよ、それが優しさってもんだ」

　たぶんだけど、とぼくは高木先生の顔を見た。

「友達がほしいとか、結花はそんなこと望んでないと思うな。心配するのはわかるけど、大丈夫だよ。ぼくがいれば――」

晃らしくないな、と高木先生が肩をすくめた。

「もっとも、生徒同士だと話しにくいかもしれんな……先生の方から話しておく。戻っていいぞ」

失礼しますとだけ言って、ぼくは職員室を出た。何も食べていなかったので、腹が空いていた。

5

何事もなく時が過ぎていった。浦前高校の秋のイベント、十一月頭の体育祭が終わると、冬の気配が肌でわかるようになった。

ぼくはサッカー部に入っていたけど、練習日以外はいつも結花と一緒にいた。学校帰りに近所の公園で話したり、ファストフード店に寄ったり、二人でいると話は尽きなかったし、結花はずっと笑っていた。

結花の笑顔を見るためなら、何でもできると思った。部活をサボったことも、一度や二度じゃない。

学校でも家でも、結花はほとんど話さない。友達はぼくだけで、それ以上の好意を持っているのもわかっていた。

ぼくも結花が好きだし、付き合っているのと変わらない。ただ、ぼくたちは親戚だし、同じ家で暮らしてるから、付き合おうとか、そんなことは言いにくい。

だから、ぼくたちの関係はプラトニックだった。でも、それで構わなかった。結花と一緒にいるだけで、心が温かくなった。

萌香から電話があったのは、十一月半ば、日曜の夜だった。一年ぐらい前、俊幸さんが家に導入した新商品のコードレス電話の子機を持って、ぼくは自分の部屋に入った。

「あんまり長く話せないの。お姉ちゃんが友達に電話したいって言い出して……」

萌香のお姉さんは二つ上の高校三年生で、長電話が生き甲斐なのは知っていた。

「聞いておきたいことがあるの。確かめたいことっていうか……」

何だよ、とぼくは子機を持ち替えた。声が低いから、いい話じゃないのは確かだ。

最近、萌香とあまり話していない。前と比べて、微妙に距離が空いていた。

「今、結花は近くにいるの？」

自分の部屋だよと答えたぼくに、ハマキョーがね、と萌香が言った。

「金曜の放課後、結花と二人で話したって……」

ハマキョーこと浜田京子《はまだきょうこ》はクラスでも地味で、はっきり言えば暗い子だ。他にも似たような女子がいて、グループを作っている。

最近、ハマキョーが結花に声をかけているのは知ってた。嫌だけど、どうしていいのかわからない、と相談されていたからだ。

ハマキョーは結花が自分に近いと思っているのだろう。痩せてるし、長い黒髪を無造作に伸ばしているから、外見が似ているのは本当だ。

だけど、性格は全然違う。結花が迷惑に思うのは、わからなくもない。

ただ、派手に遊び回っている女子たちよりはまともだから、適当に相手しておけばいいよ、とぼくは答えていた。

「あの子、あたしと塾が同じでしょ？　今日、昼から補講があったの。塾を出る時、声をかけてきて……結花と二人で話したって言ってた。いつものハマキョーと全然違うの。すごく楽しそうで、声も明るかった」

珍しいね、とぼくは首を捻った。ハマキョーだって笑うことはあるけど、それとはちょっと違うみたいだ。

「あたしだけに秘密を話してくれた、誰にも言わないって約束したから、どんな話かは内緒。そう言ってたの」

でも、ハマキョーの口がむずむずしてた、と萌香が言葉を継いだ。

「だから、何を話したのって聞いてみたのね。そうしたら、結花が高木先生と付き合ってるって……」

そんなの嘘だ、と思わずぼくは大声で言った。

「あり得ないよ。高木先生には奥さんも子供もいる。しょっちゅう自慢してるだろ？　四十歳だから、ぼくたちとは二十四歳も離れてる。ハマキョーの聞き違いか、さもなきゃ妄想だよ」

あたしもそう思った、と萌香が声のトーンを落とした。

「ちょっとうるさいところもあるけど、生徒のことを真剣に考え、向き合ってくれる先生よ。教え子の女子高生に恋愛感情を持つような人じゃない」

当たり前だろ、とぼくはうなずいた。先生と女子生徒が恋をして、卒業後に結婚するケースはたまにあるけど、ほとんどの場合その先生は若い。四十歳で結婚している高木先生と付き合う女子高生なんて、いるはずない。

「だけど、結花がそう言ったって、ハマキョーも譲らないの。晃くんなら何か知ってるんじゃないかって……」

高木先生が結花のことを心配してるのは本当だ、とぼくは子機を首と肩で挟んだ。

「この前も職員室に呼ばれて、何とかしろって言われた。結花と話すとも言ってたな。でも、あの二人が授業以外で話してないのは萌も知ってるだろ？　だいたい、そんな話をハマキョーに打ち明けるはずがない。結花はハマキョーのことを迷惑だって言ってたんだぞ」

　わからないの、と萌香がほとんど聞き取れないほど低い声で言った。

「金曜の授業が終わった後、結花の方から声をかけてきて、高木先生のことを二時間近く話したって……どこへ連れていってくれた、遊びに行った、銀座のホテルに泊まった、毎日会ってるし、毎日電話もしてる、すごく優しくてキスが上手だとか、そんなことも……ハマキョーの話し方が何かに取り憑《つ》かれたみたいで、怖くなったぐらい」

　ハマキョーが嘘をついてるんだよ、とぼくは首を振った。

「だいたい、結花は外泊したことなんてない。銀座のホテルに泊まった？　馬鹿らしい、萌のことをからかうために――」

　ハマキョーはそんなことしない、と萌香がため息をついた。

「真面目な子よ。あたしをからかって得することなんかない。結花がその話をしたのは、本当なんだと思う。わからないのは、どうしてハマキョーだったのか――」

　背中に視線を感じて、ぼくは開きかけていた口を閉じた。明日また話そう、と無理やり話を終わらせると、わかったとだけ言って、萌香が電話を切った。

　振り向くと、少しだけ開いたドアのところに結花が立っていた。黙ってぼくの顔を見つめている。

「どうしたの？」

声をかけると、俊幸おじさんが電話したいって、と結花が手を伸ばした。子機を渡すと、そのままリビングに入っていった。

こめかみを伝う汗を指で拭い、ぼくはベッドに腰を下ろした。どうしてなのかわからないけど、すごく疲れていた。

6

月曜の朝、学校へ行く用意をしていたら、一緒に行こうと俊幸さんが声をかけてきた。

「今日は赤羽の支店に直行でね、いつもより遅くていいんだ。たまには父と息子水入らずといこうじゃないか」

父と息子というのは、俊幸さん流の冗談だ。結花はと見回すと、先に出たよと俊幸さんが言った。

「晃に話があるんだと言ったら、わかりましたって。そんな顔するなよ、今日だけなんだから」

俊幸さんはぼくと結花のことを気づいているようだ。でも、余計なことは言わない。そこが俊幸さんのいいところだ。

わかったとうなずくと、俊幸さんがスーツの上にステンカラーコートを着て、いつでもいいよと言った。ぼくはカバンに教科書を詰めて、ブレザーに袖を通し、玄関に向かった。

「直行なんてあるんだね」

会社は学校とは違う、と俊幸さんが歩き出した。

「銀座の本店に寄ってからだと、かえって遅くなるだろ？　融通が利くのが社会人のいいところかな……それで、結花ちゃんは学校でうまくやってるのか？」

慣れてきたみたいだよ、とぼくは少し早足で歩いた。俊幸さんは脚が長いので、並ぶにはそうするしかない。

「孝司は大学に行ってるのかな」

少しの間黙っていた俊幸さんが言った。しかめ面になっている。それを話したくて、ぼくを誘ったのだろう。

「一年留年するのはともかく、さすがに二年はなあ……ぼくが家にいれば注意もできるんだが、今週も土曜まで帰れない。奈緒美には話しているけど、やっぱり義理の母親だから、言い辛いのかもしれない」

それはないよ、とぼくは首を振った。相手が誰であれ、母は言いたいことをはっきり言う性格だ。

義理の息子だからって、遠慮なんかするはずもない。何で大学に行かないのよ、ぐらいの嫌みを言ってもおかしくなかった。

それに、孝司の留年はいわゆる就職留年で、狙っていたレコード会社に就職できなかったから、わざと大学に残ったと言っていた。単位もほとんど取っているそうだし、それなら大学に通う必要はない。

聞いたよ、と俊幸さんが歩幅をぼくに合わせた。

「孝司が留年を決めたのは去年の秋で、さすがにあいつも事情を説明した。四年生をもう一度やるわけだから、学費のことだってあるしね。レコード会社のことも話していた。やりたい仕事があるんなら、留年ぐらいいいじゃないって奈緒美もうなずいてたな。銀行マンみたいな退屈な仕事は嫌だ、と孝司は言ってたよ。レコード会社に入りたいなら、それはそれでいいさ。だけど……本当に就職留年なのかな？」

「だって、本人が言ってるんでしょ？」

孝司が通ってる竹松《たけまつ》大学はあいつが入学する前の年に新設された、と俊幸さんが言った。

「面白い大学で、コンピューター工学やゲームソフトのプログラミングとか、先進的な研究をしている。教授陣も優秀な人が揃ってるから、将来性は高いだろう。ただ、就職の実績は弱い。新しい大学はどこも同じで、それは仕方ない。問題はあいつの成績だ」

「悪いの？」

酷いね、と俊幸さんが革靴で小石を蹴った。

「留年すると言うから、単位表を見せろと言った。九割以上取っていたけど、優はひとつもなかった。良がいくつかあって、後は全部可だ。高校で言えば、五段階で一か二ばっかりってことだよ。レコード会社は人気もあるし、倍率も高い。竹松大学であの成績だと、間違いなく書類審査で落とされる」

今年もレコード会社の試験を受けたって大学の友達と電話で話してるのを聞いたよ、とぼくは言った。

「考え過ぎだと思うな。やる気があるから就職留年したわけでしょ？一年待って、もう一度受けるっていうのは、どうしてもレコード会社に入りたいからで――」

そう思えなくてね、と俊幸さんが苦笑した。

「あいつはぼくのことを嫌ってる。母親が死んだのは、ぼくが仕事ばかりで体調が悪いのに気づかなかったせいだと思ってるんだ。佳子《よしこ》は三十八歳で、ガンの進行が早かった。それでも、ぼくに責任があると言われたら、認めるしかない」

前の奥さんの名前が佳子さんというのは知っていたけど、詳しい話を聞くのは初めてだ。

孝司は小学六年生だった、と俊幸さんが小さく息を吐いた。

「あいつは母親にべったりだったから、ぼくを恨むしかなかっただろう。ギターだ、ロックだと言い出したのも、佳子が亡くなってからでね」

「そうなんだ」

もう何年もまともに口を利いていない、と俊幸さんが口元を歪めた。

「レコード会社の件も初耳だった。それはいいが、最近のあいつを見てると、ぼくへの反抗というより、働きたくないだけなんじゃないか、そう思えてならないんだ」

世の中そんなに甘くないよ、とぼくはわざと冗談っぽく言った。

「働かなきゃ生きていけない。いつまでも俊幸さんの臑《すね》を齧《かじ》ってるわけにもいかないって、孝司もわかってるよ。レコード会社は無理でも、音楽関係の仕事はたくさんあるんだし、その辺りは本人も考えてるんじゃない？」

真面目だな、と手を伸ばした俊幸さんがぼくの髪の毛をぐちゃぐちゃにした。

「義理の息子の方が性格も考え方もぼくにそっくりで、実の息子は義理の母親とよく似てる。おかしな話だよ……どうしてかな？」

反面教師、とぼくは言った。満春父が死んでから、六年ほど二人で暮らしていた。その間、母が先のことを考えている様子はなかった。

家賃を滞納したり、給食費が払えなくなったり、ぼくの修学旅行の積立金を勝手に使ったこともある。それもあって、ぼくがしっかりしなきゃ駄目だと思うようになった。ぼくと母が正反対の性格になったのはそのためだ。

俊幸さんがいるから、何かあってもどうにかなる、と孝司は考えているのかもしれない。反抗というより甘えてるだけだと思ったけど、それは言わなかった。

浦和の駅に出たところで、車に気をつけろよと俊幸さんが手を振った。わかってると手を振り返して、ぼくは学校へ向かった。

7

十二月に入ると、急に寒い日が続くようになり、五日には雪が降り出した。埼玉だって雪は降るけど、こんなに早かったことはない。

大雪じゃないから困りはしなかった。だけど、寒いのが苦手なぼくにとっては嫌な季節の始まりだった。

ようやく浦高に慣れたのか、結花がクラスの女子たちと少しずつ話すようになっていた。

その方がいい、とぼくも思っていた。

特定のグループには属していなかったけど、休み時間にちょっと喋ったり、そんな姿を時々見かけるようになった。

派手な子は苦手なのか、どちらかと言えば地味なタイプの女子と一緒にいる。でも、男子とは話そうとしなかった。晃くんがいればそれでいいの、と結花は言っていた。

女子と話していても、ぼくの視線に気づくと笑顔になる。そんな結花がどうしようもないほど好きだった。

結花と過ごす時間は楽しかったけど、問題があった。期末試験だ。

十二月三週目の月曜から始まり、金曜に終わる。クリスマスの二十五日が二学期の終業式で、翌日からは冬休みだ。

年明けの一月二日から、藤原たちとスキー旅行に行く計画を立てていたけど、成績が悪かったら駄目と母に言われていた。

前の週から期末試験の準備を始めるつもりでいたら、月曜日、六限目の授業が終わると高木先生がぼくを呼び、話があると言った。

「何ですか？　ぼく、忙しいんだよね」

最近、高木先生の様子がおかしいのは気づいていたから、わざとふざけた言い方をした。

十一月の末頃から、どこか上の空で、だらだら授業を続けているだけだった。ぼくたちの顔を見ようともしない。

今までそんなことはなかったから、体調が悪いんじゃないかってみんなも心配していた。

特に今日は酷かった。目が虚ろで、いきなり黙り込んだり、そうかと思うと大声で教科書を読み上げたりしていた。感情のコントロールができなくなっているようだ。

教室の隅の席を高木先生が指した。その動きもどこか緩慢で、先生らしくなかった。

帰り支度を終えた他の生徒が教室を出ていき、誰もいなくなるまで高木先生は口を閉じたままだった。ぼくも黙っているしかなかった。

聞きたいことがある、と先生がうつむいたまま言った。

「晃……最近、調子はどうだ？」

顔色が青白くて、声も少し震えていた。どうしたんだろうと思っていると、クラスのみんなはどうなんだ、と先生が問いを重ねた。

「何か、妙に思うようなことはないか？　変な話を聞いたり、そんなことは……」

どうしてぼくにそんなことを聞くのかわからなかった。ぼくは高木先生とよく話すし、たぶんクラスで一番親しい。

でも、クラスのことなら学級委員の桜田《さくらだ》とか、副委員の山葉《やまば》に聞いた方がいいに決まってる。

高木先生は下を向いたままだ。いつもと違う。どこかおかしい。

何か言いたいことがあるのはわかっていた。聞いて楽しい話じゃないことも。

でも、口を開くのをためらっている。言葉にすれば、不快な何かが現実になると思っているようだった。

「先生、どうしたんです？　何かあったんですか？」

心配になって、思わず手を伸ばした。言葉遣いを変えたのは、先生の様子があまりにも変だったからだ。

いいんだ、と先生が顔を伏せたまま言った。

「気にするな。先生の思い過ごしなんだろう。引き留めて悪かったな」

待ってください、とぼくは先生の腕を摑んだ。

「何かあったんですね？　ぼくに関係が？　はっきり言ってください」

高木先生が顔を上げた。思わず、ぼくは椅子ごと下がった。

見開いた瞼の下で、黒目だけがぐるぐると動き回っている。そのスピードがどんどん速くなっていた。

「晃、あの子は……」

「あの子って?」

あれは何なんだ、と先生がぼくを見つめた。真っ暗な穴のような目だった。

「お前は知ってるのか?」

「何のことですか?」

電話だ、と先生が顔を両手で覆った。

「俺が家に帰ると、何度もかかってくる。毎日だ。早朝でも真夜中でも……カミさんや息子が出るとすぐに切る。俺が出ると話し出すが、何を言ってるのかまるでわからん。いや、最初はわかるんだ。今日はどうだったのとか、そんなことを言う。今日と言われても、学校で顔を合わせてるんだぞ? だいたい、どうだったのと生徒が聞くのもおかしい。俺は生徒が多少乱暴な話し方をしても気にしないが、あの子は違う。まるで……」

「まるで?」

妻が夫に話すような感じだ、と先生が机の上で拳を握りしめた。

「あなた、今日はお仕事どうだった? 今日のご飯は何にする? 何時頃帰ってくる? 晃、意味がわかるか? 男子、女子、いつでも声をかけてくれといつも俺は言ってる。相談でも世間話でもいいってな。だが、あの子はそうじゃない。教師と生徒の間にある線を越えてくる。普通の生徒なら、そんなことはしない。それが常識だ。それなのに、あいつは——」

高木先生が突然立ち上がった。振り向くと、教室のドアの前に結花とハマキョーが立っていた。

二人がそれぞれ自分の席に向かい、机の中にあったノートを取り出して、そのまま出ていった。ぼくは先生に顔を近づけて、ハマキョーですね、と小声で言った。

「あいつがおかしなことを言ってるのは、ぼくも知ってます。でも、気にすることないですよ。下らない噂を流したり、そんなの女子にはよくある話でしょ？」

ぼくの顔を見た高木先生が、いいんだと微笑んだ。背中が冷たくなるような笑みだった。

「もう帰れ」

高木先生が追い払うように手を振った。教室を出て窓の外に目をやると、糸のように細い雨が降り始めていた。

8

家に帰ると、リビングから母と孝司の笑い声が聞こえた。ドアを開くと、母はワイン、孝司はビールを飲んでいた。

母は酒に強く、満春父ともよく飲んでいたけど、夕方から飲むようになったのは一年ぐらい前だ。ワインの成分、ポリフェノールが体にいいってテレビで見たのよ、というのが母の言い分だった。

飲むといってもグラス一、二杯だから、酔うほどじゃない。孝司の方は五百ミリリットル缶三本目で、けだるそうにしていた。

「結花は？　帰ってきた？」

そんな怖い顔してどうしたの、と母が少しだけ残っていたグラスのワインを飲み干した。

「いつもと同じ。三十分ぐらい前かな？　帰ってきたら部屋に直行」

挨拶もなかった、と孝司が顔だけをぼくに向けた。

「お前の高校は〝ただいま〟も教えないのか？　ふざけた学校だな」

絡んでくるような物言いはいつものことだ。手を洗ってきて、と母が言った。

「ああ、疲れた。掃除して洗濯して、それだけで半日よ。次はご飯作れって？　まったく、こんなことしてたらすぐおばあちゃんになっちゃう……ねえ、今日は外で何か食べない？」

いいね、と孝司が指を鳴らした。母は家事が苦手というか嫌いで、俊幸さんがいないと出前を取ったり、浦和駅の近くにある中国料理店に行くことも多かった。

どっちでもいい、とぼくは言った。見ていたのは電話機だ。

コードレス電話が発売されたのは一年ほど前で、家電好きな俊幸さんがすぐ買ってきたから、クラスの中で使い出したのは早かった。

電話機本体は、前に固定電話機があった場所に置かれている。それにはコードがついてるけど、子機にはない。電波が繋がっていれば、どこでも使える。

電話が毎日かかってくる、と高木先生は話していた。ハマキョーがかけているのだろう。

結花が高木先生と付き合ってる、とハマキョーは思い込んでいる。学校一の美少女が許されない恋をしているというストーリーは、いかにもハマキョーが考えそうなことだった。

だから、夜中でも朝でも高木先生の家に電話をかけ続けた。結花が電話に出れば、付き合ってる証拠になるからだ。思い込みもそこまで行くと、妄想と言うしかない。

今ではほとんどの家がコードレス電話を使っている。ハマキョーが子機を自分の部屋に持ち込み、リダイヤルを繰り返している姿が目に浮かんだ。

(だけど)

ハマキョーは四人姉妹の末っ子で、浦和駅から一キロほど離れた団地に住んでいる。サッカー部のキーパー、福島《ふくしま》もそうで、何度か遊びに行ったことがあるけど、2LDKでそれほど広くなかった。

団地の間取りなんて、そんなに変わらないだろう。ハマキョーは姉妹の誰かと部屋を一緒に使っているはずだ。

毎日朝でも夜でも電話を独り占めしていたら、三人の姉から文句が出るに決まってる。いったいハマキョーはどうやって電話をかけ続けているのか。

ぼくの家なら、それぞれに部屋があるから、子機を使って、真夜中でも早朝でも、何時でも電話をかけることができる。あり得ないのはわかっていたけど、結花なら、という考えが頭に浮かんだ。

結花の部屋はぼくたちの部屋からリビングを挟んだ反対側にある。その奥、廊下の突き当たりは勝手口だ。

家は昔風の造りで、俊幸さんの親が建てた頃は玄関と勝手口を分けて使うのが普通だった。八百屋さんや魚屋さんが勝手口に野菜や魚を持ってきて、そこで受け取ると聞いたことがある。クリーニング屋さんとか、配達の人も同じだ。

夜中に勝手口から外へ出て、子機で電話をかけることはできる。二、三メートルなら、家から離れても話せるはずだ。

ハマキョーもそうしていたのかもしれない。玄関を出て、外廊下から高木先生に電話をかけていたのではないか。

そうだとしたら、ハマキョーは何かが壊れている。高木先生は優しくていい人だけど、結花が好きになるとか、そんなことあるはずもない。

すべてはハマキョーの思い込みだ。それを現実に無理やり合わせるために、毎日高木先生に電話をかけ続けている。何がハマキョーをそうさせたのか。

子機はどこだっけ、と辺りを見回していると、母がテレビの前のソファを指さした。

「晃、何なの？　そんなことどうでもいいでしょ？」

テレビとソファの間に小さなガラスのテーブルがある。その下に子機が転がっていた。拾い上げると、リビングに入ってきた結花がコンビニへ行ってきますと言って出ていった。玄関のドアが閉まる音がした。迷わずぼくは廊下を進み、和室へ向かった。

高木先生に電話をかけていたのはハマキョーだ。だけど、結花と高木先生が付き合っていると思い込んだのは、理由があったはずだ。

それを確かめるには、結花の部屋を調べるしかない。おとなしくて引っ込み思案で、笑顔を見せるのはぼくだけだ。そんな結花が高木先生と何かあったなんて、冗談にもならない。

思い込みの理由がわかれば、ハマキョーの誤解を解くことができる。その方が結花のためになる。

和室の襖を細く開けて、中を覗き込んだ。勉強机と造り付けの箪笥が目に入った。

畳の上に茶色のカーペットが敷かれている。右側に三面鏡付きの小さなドレッサーがあり、他には小さなクローゼットとベッドしかない。女子高生らしくないけど、うちに来て三カ月ほどしか経ってないからだろう。

家から一番近いコンビニまでは、五分ぐらいだ。往復十分、それほど時間はない。

「高木先生と付き合ってる」

結花がハマキョーにそう話していたと萌香が言ってたけど、馬鹿らしくて笑うしかなかった。

結花は家でもぼくとしか話さない。母や俊幸さん、孝司がいると黙ってしまう。そんな結花が高木先生と付き合うなんて、無理があり過ぎる。

それに、結花は家と学校を往復するだけで、コンビニとかは別として、ほとんど外に出ない。

休日も部屋にいる。高木先生と会っていたはずがない。

ぼくは和室に入った。結花がそんな子じゃないと証明するのは、ぼくの義務だ。

後ろに目をやり、誰もいないのを確かめてから、勉強机の引き出しを開けた。探していたのはノートの類いだった。

ぼくは授業の板書をノートに写す。高校生なら、誰だって同じだ。

結花は勉強熱心だから、高木先生が言ったことを書き写していてもおかしくない。ハマキョーはそれを見て、結花が高木先生のことを好きだと思い込んだ。

結花はぼく以外のクラスメイトと、まだ親しくなっていない。おどおどした様子の結花を見て、付き合ってると考えたとすれば、それなりに説明がつく。デートしたとか、銀座のホテルに泊まったとか、そういう話はハマキョーが頭の中ででっち上げただけだ。

引き出しの中は、女の子らしくきれいに整頓されていた。一番上の引き出しにあったのは、シャーペンや文房具類だった。

二番目の引き出しには教科書や辞書、参考書が入っていた。他には何もない。最後の三番目の引き出しを開けると、数冊のノートがあった。

結花が出ていってから、五分が経っていた。焦るなと自分に言い聞かせて、ノートを勉強机の上に並べた。表紙には現代文とか数学とか、科目名がきれいな字で記されていた。

ぱらぱらとめくったけど、書いてあるのは授業の板書だけだった。一年C組雨宮リカ、とノートの表紙に自分の名前を書いている。自分はリカだといつも言っているから、結花にとってはその方が自然なんだろう。

小さなメモ書きだとすれば、見つけるのは難しい。いつ結花が戻ってくるかわからないから、諦めるしかなかった。

三番目の引き出しにノートを戻して閉めた。部屋を出ようとした時、何かがぼくの手を勝手に動かして、二番目の引き出しをもう一度開けた。

英和辞書を箱から抜き出すと、背表紙の下に小さいアルファベットの文字があった。

r i k a　t a k a g i
記されていたのは、その十文字だった。〝高木リカ〟と書いてある。結花が書いたのだろうか。

辞書の最後の数ページは、メモ用の余白になっていた。そこを開くと、読めないぐらい細かい字でページ全体が埋め尽くされていた。

高木リカ高木リカ高木リカ高木リカ高木リカ高木リカ高木リカ高木リカ高木リカ高木リカ高木リカ高木リカ高木リカ高木リカ高木リ
カ高木リカ高木リカ高木リカ高木リカ高木リカ高木リカ高木リカ高木リカ高木リカ高木リカ高木リカ高木リカ
高木リカ高木リカ高木リカ高木リカ高木リカ高木リカ高木リカ高木リカ高木リカ高木リカ高木リカ雨宮良之
雨宮良之高木リカ高木リカ高木リカ高木リカ高木リカ高木リカ高木リカ高木リカ高木リカ高木リカ
高木リカ高木リカ高木リカたかぎりかたかぎりかたかぎりかたかぎりかたかぎりかたかぎりか
たかぎりかたかぎりかたかぎりかたかぎりかたかぎりかたかぎりかたかぎりかたかぎりか
たかぎりかたかぎりかたかぎりかたかぎりかたかぎりかたかぎりかたかぎりかたかぎ
りかたかぎりか

ページをめくるごとに、字が大きくなっていた。最後の方は字とさえ呼べない。すべてが一本の線で書かれている。まるで象形文字だ。

男子でも女子でも、好きな人の名字の下に自分の名前を書くことがある。誰でも覚えがあるだろう。

好きな男子の名字に自分の名前をくっつけると恋がかなう、という体験談がティーン向けの雑誌に載っていて、それが広まったのは有名な話だ。片想いを実らせる呪文だと聞いたことがある。

当たり前の話だけど、名前を書いただけで想いが通じるなら、何だってありだ。ちょっとしたお遊びというか、そうなったらいいな、ぐらいの感覚だ。

英語のノートを借りたことがあったので、ぼくは結花の字を知っていた。きれいで、整った字だ。

でも、この文字は違う。結花の字じゃない。ハマキョーが高木先生の名前を書き殴ったんだろう。

どうしてハマキョーがそんなことをしたのか、それもわかっていた。高木先生を好きなのは、ハマキョー自身だ。

目立つわけでもなく、地味なハマキョーの想いが通じるはずもない。だけど結花なら、と考えたのだろう。

誰よりも美人で、性格もいい結花なら、高木先生が好きになるかもしれない。自分の代わりに結花が高木先生と付き合ってくれたら、という願望がハマキョーを突き動かした。

女子高生が先生を好きになるのはよくある話だけど、余白のページにあった文字の羅列は、明らかに異常だった。高木リカと書くのはともかく、これだけ執拗に書き並べるのはまともじゃない。

どんどん字が大きくなり、読めないほど乱れているのは、感情が高ぶり、自分でも抑えが利かなくなったからだろう。それはハマキョーの心の揺れの表れだった。

ハマキョーとは中学が違ったから、ほとんど話したことがない。よく考えると、ぼくはハマキョーのことをほとんど知らなかった。

友達も少ない。美術部の片貝《かたがい》、メガネっ子の平田《ひらた》とか、三、四人だ。

そんなハマキョーが高木先生を好きになり、結花を自分の代わりに見立てた。退屈な毎日に刺激がほしくて、結花の辞書に高木リカと書いた。余白のページだから、結花も気づかなかったのだろう。

いつだったか、ハマキョーがタロット占いをしていた。占いや魔術に興味を持っているのは、誰かに聞いたことがあった。

名前を何度も書けば、二人が両想いになる、そんな呪文があるのかもしれない。

先生と女子生徒の恋はロマンチックだ。ハマキョーは願望を現実にしたかったのだろう。

（結花は関係ない）

それは最初からわかっていた。ぼくは結花を信じていたし、念のための確認、ということでしかない。

辞書を元に戻し、引き出しを閉めた。部屋を出ようとした時、ドレッサーの三面鏡が見えた。

半分ほど開いた左側の鏡に反射した襖が、右の鏡に映っている。隙間から覗いていたのは、真っ暗な穴のような目だった。

（高木先生？）

放課後、二人で話した時のことを思い出した。高木先生が襖の隙間に目を当てている。黒目だけでぼくを凝視している。

そんなはずない、とぼくは手を強く握った。高木先生が家に来るなんて、あり得ない。

でも、異様に大きくなった黒目がぼくを呑み込もうとしていた。膝が激しく震え出し、口から小さな悲鳴が漏れた。

不意に、鏡から黒目が消えた。水に浸けたように、両方の手のひらが汗で濡れていた。制服のズボンで手を拭い、ぼくは和室を出た。廊下には誰もいなかった。

9

誰かに相談したかったけど、そんなことできるはずもない。夢でも見たんだろう、と言われるだけだ。

高木先生は生徒、そして保護者からも信頼されている。ぼくの家に忍び込むはずもない。誰もぼくを信じないのはわかっていた。

ハマキョーが高木先生になりすまして、家に来たのかもしれない。だけど、母も孝司も家にいた。二人とも気づかないのはおかしい。

いくら考えても混乱するばかりだった。錯覚だったと思うしかない。

そうこうしているうちに時間が過ぎていき、気づくと期末試験が目前に迫っていた。

その間も、高木先生の顔色は日に日に悪くなっていた。朝のホームルームでも、前みたいに冗談を言わない。どうしたんだろう、とクラスのみんなも毎日のように話していた。

でも、期末試験が始まると、高木先生の様子がおかしいとか、そんなことを言う者はいなくなった。それどころじゃない、というのがぼくたちの本音だった。

金曜の昼、期末試験が終わった。土曜と日曜は休みになる。成績が発表されるのは月曜以降だ。

日曜は藤原の家に友達と集まった。みんな赤点がないことを祈るだけで、高木先生のことは話題に上らなかった。

月曜日、ホームルームの時間に入ってきたのは教頭の江口先生だった。つまらないことでもすぐ怒り出すので、生徒たちの人気はワースト一位だ。

どうしたんだろうと思っていたら、静かにしなさい、と江口教頭が甲高い声で言った。

「体調を崩したので休むと高木先生から連絡があった。今週は各授業で期末試験の答案を返し、それぞれの先生が解答の説明をするだけだから、担任が休んでも特に支障はない。今日は私が代理を務める。出席を取るから、大きな声で返事を――」

教頭先生、と手を挙げたのは学級委員の桜田だった。

「高木先生は風邪をひいたんですか？　しばらく前から顔色が悪くて、ぼくらも気になってたんです」

だよね、という女子の声があちこちから聞こえた。詳しいことは聞いていない、と江口先生が首を振った。

「家族から連絡が入ったと朝会で報告があった。寒い日が続いたから、体調を崩したんだろう。私に言わせれば気の緩みだが、人間だから風邪ぐらいひく。生徒が心配するようなことじゃない。出席を取るぞ……ええと、青木信二《あおきしんじ》」

はい、と青木が大声で返事をした。結局、終業式まで高木先生は休んだままだった。

10

高校生の年末は意外と暇だ。友達と遊んだり、家へ行くのは何となく気が引けるし、家の大掃除を手伝わされたり、正月用の買い出しの荷物持ちなんかもあるけど、忙しいわけじゃなかった。

銀行が休みに入ったので、俊幸さんは家にいた。結花がいることを除けば、去年の年末と同じだった。

我が家のお正月は、普段とそれほど変わらない。さすがに母も年越し蕎麦とかお雑煮は作る。でも、お節は全部スーパーで買っていた。

母はお節が嫌いだった。どこが美味しいのよ、と文句ばかり言う。

実を言えば、それはぼくも同じだ。去年の正月二日目、夜はカレーだったけど、どこの家もそんなものかもしれない。

一月二日から、藤原たちと白馬のスキー場へ行った。思う存分スキーを楽しみ、夜はゲームやトランプをして朝まで騒いで過ごした。

結花と一緒ならもっと楽しいだろうな、とぼくは思っていた。だけど、そんなことは言わなかった。

それに、男同士だと下らない話で盛り上がることができる。女の子がいると下ネタなんかはできないから、男だけの方が気楽だった。

中学生だと厳しいけど、高校生になるとこういう旅行もできる。帰りに、白馬駅で銀のネックレスを買った。結花にプレゼントするつもりだった。

年が変わったことが、ぼくの背中を押していた。結花に告白して、付き合うと決めていた。

家に帰ったのは日曜で、翌日から三学期が始まる。スキー旅行が楽しかった分、憂鬱だった。

結花にネックレスを渡すチャンスがないまま、すぐ夕食の時間になった。焦る必要はないから、後でもいい。

夕食の後、リビングのソファでテレビを見ているうちに眠ってしまったのは、寝不足のせいだった。またその話かという俊幸さんの声で目が覚め、時計を見ると九時を回っていた。

頭だけを起こすと、母と俊幸さんがダイニングテーブルで話しているのが見えた。二人ともぼくが起きていることに気づいていないようだ。

珍しく俊幸さんの声に苛立ちが混じっていた。母も機嫌が悪そうだ。気づかれると面倒なので、ソファの上で体を縮めているしかなかった。

「結花ちゃんのことを考えたら、三千万円を銀行に返済した方がいい」そこはぼくも同じ意見だ、と俊幸さんが言った。「だけど、養女にするのは違うんじゃないか？　監護権は家裁も認めているし、それで十分だろう。あの子には母親がいるんだ。了解なしで話を進めるわけにはいかないよ」

だって麗美さんがどこにいるかわからないじゃない、と母がテーブルを叩いた。

「宗教団体って、あなたが思ってるより厄介なのよ。雨宮麗美も梨花も知らない、うちの信者じゃない、その一点張りで、警察に相談しても民事不介入とか言って何もしてくれないし……あなたも銀行マンだからわかると思うけど、返済できなければ広尾の家を差し押さえるって言うの。たった三千万円のためによ？　そんな馬鹿な話ある？」

落ち着けよと俊幸さんが言ったけど、母の声は大きくなる一方だった。

「結花を養女にすれば、クリニックを売却できる。それを返済に充てれば、広尾の家は結花のものになる。その方がいいに決まってるじゃない」

まだ話は終わっていない、と俊幸さんが苛ついた声を上げた。

「去年の八月、君は麗美さんと梨花ちゃんを失踪人として警察に届け出ている。二人が家を出た日、つまり一昨年の七月一日を失踪日とする書類を提出したと弁護士に聞いた。生死が不明なまま七年経てば、家庭裁判所は失踪宣告をすることができる。つまり、麗美さんと梨花ちゃんは死亡したと見なされるってことだ。何のためにそんなことをしたんだ？」

その方が相続がスムーズに進むって弁護士さんがアドバイスしてくれたの、と母が言った。

「結花のためにも、そうした方がいいって……あなたは教団と話してないからわからないのよ。出家した麗美さんと梨花は戻ってこない。それって死んだのと同じでしょ？」

世間がどう思うかわかってるのか、と俊幸さんがため息をついた。

「君が雨宮の家を乗っ取ろうとしている、そう考える人がいたっておかしくないんだぞ」

そんなのどうだっていい、と母が低い声で言った。

「大事なのは結花の幸せでしょ？　あの子がうちの養女になればという条件付きだけど、クリニックの売却を代理人のあたしがすることを家裁も認めてるの。結花はあたしの姪で、あたしと血が繋がってる。腹違いでも、弟の娘はあたしの娘と同じじょ。財産狙い？　あたしがそんなこと考えるはずないでしょ？」

母が俊幸さんの手を握る気配がした。

「あなたはあたしの味方よね？　養女にするには、あなたの了解も必要だって弁護士が言ってる。事情を話したら、銀行も返済期限の延長を了承してくれた。三月末までにサインすれば、それで全部丸く収まるのよ」

少しだけ頭を上げると、母が俊幸さんの頰を両手で挟み、キスをしていた。考えさせてくれと俊幸さんが言ったけど、声音は優しくなっていた。

「一度、三人で話そう。結花ちゃんの意思も確認しないとね。あの子が嫌だと言うなら、養女にはできない。十六歳……いや、十七歳になったのか？　それなりに自分の立場がわかる年齢だ。君が結花ちゃんのためを思っているのはわかってる。でも、無理に進めるような話じゃない。そうだろう？」

ねえ、と俊幸さんの手を摑んだ母が立ち上がった。

「明日からまた仕事でしょ？　二人で過ごせるのは今夜だけ……部屋に行かない？」

手を引かれた俊幸さんが、母と一緒にリビングを出ていった。ぼくは強ばっていた手足を伸ばした。

結花のために広尾の家を遺すべきだと母は考え、弁護士や税理士に相談したのだろう。何でも他人任せの母にしては珍しいけど、俊幸さんは忙しいし、結花は自分の姪だから、母が動くしかない。

失踪宣告という言葉を聞いたのは初めてだ。法律の専門用語だから、詳しいことはわからない。

ただ、広尾の家も、麻布のクリニックも、武士さんが死んでいるから、麗美さんの名義になっているのは、何となく想像がついた。その麗美さんが姿を消し、行方がわからなくなっている。

おそらく、失踪宣告は麗美さんが死亡したと見なすための手続きなのだろう。どこかで区切りをつけないと、いつまで経っても何も決められない。

まず結花を養女にして、麻布のクリニックを売り、銀行に借金を返すと母は話していた。広尾の家がなくなって困るのは結花だから、先のことを考えればそうするしかない。

俊幸さんが苛立っていたのは、母が何も相談しなかったからだ。銀行マンの俊幸さんは、お金の専門家と言っていい。税理士や弁護士にすべてを決められたら、不愉快になるのはわからなくもなかった。

二人が戻ってこないのを確かめて、部屋に戻ろうと体を起こすと、目の前に結花が立っていた。

よく考えると、ぼくはスキー旅行から戻ってから、結花と話していなかった。母たちがいたこともあったし、二人きりになるチャンスもなかった。

ずっと結花はぼくを待っていたのだろう。怒っているように見えたけど、それはぼくがスキーに行って寂しかったからだ。

「ごめん。でも、前からの約束で断れなかったんだ。これからは……」

結花が手を伸ばした。握っていたのは電話の子機だった。

「三笠くんから」

それだけ言って、結花がリビングを出ていった。保留ボタンを解除すると、おれおれ、と言う三笠の声が聞こえた。

「晃、高木先生のこと聞いたか？」

「何だよ、いきなり」

死んだみたいだ、と三笠が低い声で言った。

「うちのオフクロが高木先生の奥さんと同じ高校なのは知ってるだろ？　歳は離れてるけど、バレー部の先輩後輩で仲がいい。今日の昼、主人が亡くなりましたって電話があったんだ。詳しいことはわからないけど、学校で自殺したらしい。お前、先生と親しかっただろ？　何か聞いてるかと思って――」

聞いてないと首を振った。三笠が何を言ってるのか、意味がわからなかった。

高木先生が自殺したなんて、何かの間違いだ。そうに決まってる。

誰にも言うなよ、と子機から三笠の声が響いた。

「明日の始業式で学校が説明するだろうけど、その前に漏れると、俺が喋ったってオフクロに叱られる。だけど、まさか高木先生が自殺するなんてなあ……」

子機のボタンを押すと、三笠の声が聞こえなくなった。ぼくはソファに座ったまま、両手で顔を覆った。

高木先生が自殺するような人じゃないのは、クラス全員がわかっている。もちろん、ぼくもだ。いったい何があったのか。

半開きになったままのリビングのドアを見つめた。どこからか嫌な臭いが漂っていた。

3章　視線

1

一時間ほど経った頃、三笠からもう一度電話が入り、高木先生が自殺したのは体育倉庫だと言った。

明日の始業式は八時半からだけど、ぼくたちは七時に学校へ行くことにした。何が起きたのか、本当のことを知りたかった。

翌朝の七時ちょうど、正門に着くと三笠が待っていた。まだ生徒は誰もいない。グラウンドの脇にパトカーが一台停まっていた。

何人かの先生が真っ青な顔で立っているのが見えた。数人の制服警察官と背広を着た男たちが、小声で話している。

行くぞ、と三笠が指でピストルの形を作った。

「現場は体育倉庫だ。裏に回る」

そういう冗談は止《よ》せ、とぼくは三笠の腕を摑んだ。

「高木先生が亡くなったのは本当らしい。先生たちの顔を見ればわかる……ふざけてる場合じゃない」

悪かった、と三笠が頭を掻いた。

「そんなつもりじゃなかったんだ。ただ、何ていうか……高木先生の死を認めるのが怖くて……」

電話で話した時も今も、高木先生と死のイメージがぼくの中で結び付かなかった。そんなはずがない、何かの間違いに決まってる、と自分に言い聞かせ続けた。

三笠と学校へ行くことにしたのは、すべてが嘘であってほしいと願っていたからだ。

でも、パトカーや警察官たち、そして先生たちの表情で、高木先生が死んだのがわかり、頭が真っ白になっていた。

グラウンドに沿って校舎の裏手に回ると、金網越しに体育倉庫が見えた。どこの高校も同じだろうけど、体育の授業や部活で使う運動用具を保管するために置かれている。

金網の高さは四メートルぐらいで、土台は一メートルほどの板のフェンスだ。体育倉庫の前で、体育の田名坂《たなさか》先生が背広姿の二人の男と向かい合っている。ぼくたちはしゃがみ込んで、フェンスの蔭に隠れた。

田名坂先生は柔道二段、岩みたいな体格をしているので、生徒からはゴリと呼ばれていた。強ばった表情で、額から流れる汗を何度も拭っている。

らしくないな、と三笠が囁いた。ぼくもゴリのあんな顔は見たことがなかった。

「……改めて確認します。田名坂先生が第一発見者ということですね？」

五メートルほど距離があったけど、風向きのせいで話し声が聞こえた。自分と久松《ひさまつ》先生です、とゴリが答えた。

「体育倉庫の管理責任者は自分ですが、始業式が終わったら野球部の練習があるので、倉庫の鍵を開けておいてほしいと久松先生に頼まれてました。それで、昨日の昼にここで待ち合わせていたんです。それは他の刑事さんにも話しました」

ぼくと三笠はフェンスの上に頭だけを出した。緊張したゴリの顔が見える。

警察の仕事は確認でして、と背広を着た年かさの男が頭を軽く下げた。

「正確には何時ですか？」

昼の十二時です、とゴリがまた汗を拭った。

「自分の方が何分か早かったのですが、久松先生もすぐに来ました。その時、倉庫のドアが開いているのに気づいたんです。普段は職員室に鍵を置いているんですが、不用心なので夏休みや冬休みのような長い休みの前は、自分と守衛さんが鍵をそれぞれ保管することにしていました」

「それで？」

冬休み前、最後にグラウンドを使った者が閉め忘れたんだろうと思いました、とゴリが言った。

「倉庫内にはいろいろな用具が置かれています。五年前、生徒が棚にあったハードルの下敷きになる事故が起きて、それ以来施錠が義務付けられたんですが、鍵の閉め忘れは前にもありました。生徒の誰かだろうと久松先生と話しながら倉庫に入ると……あの二人が天井の梁にロープを架けて、首を吊っていたんです」

ゴリが頭を抱えた。三笠がぼくに焦った顔を向けた。

高木先生と一年の浜田京子さんですね、と刑事がメモを開いた。そうです、とゴリがため息をついた。

「自分と久松先生がどれだけ驚いたか……久松先生が職員室に戻って警察を呼び、自分はここで待つことに……二人とも顔が真っ白で、首がだらんと伸びていましたから、死んでいるのはすぐにわかりました。怖くて見てられませんでしたよ」

先ほど解剖結果の報告がありました、と若い方の刑事が口を開いた。

「死亡時刻は昨日の午前十一時から午後一時前後というのが医師の所見です。遺書も見つかっていますし、状況から考えれば自殺……いや、心中ということになりますが、不審な点もあります。可能性ですが第三者の関与があったのかもしれません」

殺されたってことですか、と大声を上げたゴリに構わず、若い刑事が話を続けた。

「時間を考えると、あなたか久松先生がその第三者を見ていたこともあり得ます。混乱していたのはわかります。駆けつけた警察官に、誰もいなかったと話してますね？　ですが、もう一度よく考えてください。倉庫の周りで誰かを見ていませんか？」

額を押さえていたゴリが小さく首を振った。

「見ていないと思います。誰かが隠れていたとしても、気づかなかったでしょう。自分も久松先生も、あの二人が自殺しているとは思ってませんでしたから、周りに目をやる余裕はなかったんです」

間違いありませんか、と年かさの刑事が刺すような視線を向けた。そう言われても、とゴリが大きな体を震わせた。

「高木先生と女子生徒が首を吊ってたんですよ？　どんなに怖かったかわかりますか？　自分も悲鳴を上げていましたし、久松先生は腰を抜かしてすぐに立てなかったほどです。昨日だって、ろくに眠れませんでした。目をつぶると、二人の顔が迫ってくるんです。もう勘弁してください、自分は何も見てませんし、何も見てもらえません」

「そう言わずに、思い出してもらえませんか？」

肩に手を置いた若い刑事に、簡単に言うな、とゴリが怒鳴った。

「あの二人は凄まじい顔で自分たちを見てたんだぞ。本当だ！　あんな惨《むご》いものを見たことはない。思い出せと言われたって――」

不意にゴリが口を閉じた。どうしました、と年かさの刑事が一歩前に出た。

「あの時、ここには誰もいませんでした」それは確かです、とゴリが虚ろな声で言った。

「ただ、嫌な臭いを嗅いだような……」

「どんな臭いですか？」

何とも言えません、とゴリが首を振った。

「この倉庫は古いので、前からかび臭かったんです。その臭いかもしれません。ですが……違う気がします。もっと生臭いというか、肉や魚が腐ったような臭いだったと……」

若い刑事が辺りに目をやり、鼻をひくつかせた。中に野球のグローブがありました、と年かさの刑事が倉庫を指さした。

「剣道の防具や、柔道着も置かれていましたが、手入れをしていないと凄まじい臭いがするじゃないですか。そういう類いの臭いだったのでは？」

確かなことは言えません、とゴリが顔を伏せた。

「自分も久松先生も、倉庫の中にいたのは十秒か二十秒、それぐらいです。どんな臭いだったか、はっきりとは言えません。ただ、間違いなく言えるのは、あの臭いに敵意があったことです。何を言ってるんだと思うかもしれませんが……」

二人の刑事が顔を見合わせ、どちらからともなく肩をすくめた。これ以上は何も聞き出せないと考えたようだ。

「今の話は口外しないように。戻っていただいて結構です」

ゴリがその場を離れ、二人の刑事が倉庫の前で話し始めた。小声なので、何を言ってるのかはわからない。

ハマキョーも死んだのか、とフェンスを背に座っていた三笠がぼくに顔を近づけた。

「心中ってことか？　まさか、あの二人が——」

止《や》めろ、とぼくは言った。

「高木先生とハマキョーの間に、何もあるはずないだろ」

そうだけど、と三笠が金網に顔を押し付けた。

「でも、二人で首を吊ってたと言ってたよな？　教師と女子生徒だぞ？　高木先生には奥さんがいる。誰だって心中だと思うさ」

遺書があったと刑事が話していた、とぼくは倉庫に視線を向けた。

「自殺した理由が書いてあるんだろう。学校も説明をするはずだ……行こう、始業式が始まる」

ゴリが嗅いだ臭いって何だ、と三笠が金網から離れた。

「肉や魚が腐った臭い？　そんなわけないだろ。あの倉庫は風通しが悪いし、いつも運動部の連中が練習用のユニフォームを置きっ放しにしてる。ゴリはその臭いと勘違いしたんだ」

二学期の終わりに運動部の部員がユニフォームを置き忘れていたとすれば、冬でも異常な悪臭を発しただろう。

ただ、違和感があった。ぼくも倉庫の独特な臭いを知ってる。すごく嫌な臭いだ。

でも、肉や魚が腐った臭いとは違う。ゴリの言葉には生物《なまもの》のニュアンスがあった。倉庫でそんな悪臭を嗅いだことはない。

ひとつ頭を振って、ぼくは歩き出した。始業式の時間が迫っていた。

2

始業式が始まった。高木先生とハマキョーが死んだとか、そんな話をしている生徒はいない。知っているのはぼくと三笠だけのようだ。

最後に壇に上がった校長先生が、高木先生が亡くなられましたと暗い顔で言った。ほとんど聞き取れないぐらい小さな声だった。

前列にいた生徒たちが驚きの声を上げ、それが講堂全体に広がっていった。ざわめきが続いたけど、静かに、と校長先生が眼鏡越しに辺りを見回した。

「まだ詳しい事情はわかっていません。今は高木先生のために黙禱しましょう」

ハマキョーのことを校長先生が話さなかったのは、生徒たちへの配慮だろう。教師と生徒が体育倉庫で首を吊って死んだと聞けば、爆弾を落としたような騒ぎになるのは目に見えていた。

校長先生は自殺だと知っているはずだけど、亡くなりましたとだけ言ったのも、同じ理由に違いない。

高木先生の死に一番ショックを受けたのは、ぼくたちC組の生徒だった。始業式が終わると教室に教頭の江口先生が来て、動揺することなく勉学に励むようにとだけ言って、逃げるように出ていった。

この時、ハマキョーの席は空いていたけど、高木先生の死と結び付けて考えた生徒はいなかった。風邪で休んでいるんだろうぐらいに思っていたはずで、ぼくも三笠も余計なことは口にしなかった。

江口教頭がいなくなると、いくつかの輪ができて、高木先生に何があったんだろう、と囁きを交わす声が続いた。

隣の教室からは生徒たちの大声が聞こえていたけど、C組は静かだった。高木先生のことを思って、誰もが落ち込んでいた。

始業式の後、全学年の生徒がそれぞれの教室に集まるのは、毎回同じだ。ホームルーム的に担任が話をするだけで、十分か二十分ほどでそれも終わる。

でも、C組は担任の高木先生がいないし、江口教頭も何も言わなかったから、帰っていいのか、それさえわからなかった。だから教室に残って、高木先生のことを話していた。

校長先生の言葉に、事故というニュアンスがあったのは確かだ。でも、何かおかしくないか、と言う生徒もいた。

事故で死んだのなら、校長先生も詳しい説明をしたはずだ。曖昧なまま話を終わらせたのは変だ。そう思っていた者は多かっただろう。

ただ、いつ、どこで、どういう形で高木先生が死んだのか、ぼくと三笠以外、誰もわかっていなかったから、いくら話しても答えは出なかった。

一人、また一人と教室を出ていき、ぼくもその列に続いた。

3

翌日から授業が始まった。先生たちも生徒の側も、どこかざわついていた。ハマキョーが死んだという話が学校全体に伝わっていたからだ。

誰が言い出したのか、二人が一緒に死んだという話も広まっていた。事故ではなく心中だったと誰もが考えたし、噂や憶測ではなく、それが真実だと信じるしかなくなっていた。

体育倉庫は立ち入り禁止になっていたから、そこで二人が自殺したのは誰でもわかっただろう。昼前には授業どころではなくなり、一年から三年まで、生徒の多くが二人の死について話すようになっていた。

詳しい事情を生徒に伝えなければ騒ぎは収まらない、と学校側も考えたようだ。午後の授業が始まる直前に校内放送があり、全生徒は講堂に集合のこと、とアナウンスがあった。

全学年の生徒全員が講堂に集まったのは午後一時で、壇上には校長先生、教頭の江口先生、そして背広姿の二人の男が立っていた。ぼくと三笠が見た刑事だった。

「高木先生ですが、自殺していたことがわかりました」

校長先生が重い口を開いた。同じ体育倉庫でハマキョーが死んでいたこと、そして、二人が自殺したのは始業式前日の昼だったと説明があった。

下手に隠してもいずれはわかることだ。事実をありのまま伝えた方がいい、と学校側も判断したのだろう。

動揺した女子生徒が泣き出したり、大声を上げる者もいたけど、学校側もそれは予想していたようだ。先生たちが制止すると、次第に声が小さくなっていった。

次にマイクの前に立ったのは年かさの刑事で、短髪で顎が四角く、刑事というより犯人みたいな顔だけど、口調はソフトで優しい感じだった。

「皆さん、静かに……私は浦和東署の国松《くにまつ》警部補です。一昨日の昼、高木先生と一年生の女子生徒が学校の体育倉庫で死亡していたのは、校長先生から説明があった通りです。現在警察が死因等を調べていますので、詳しいことがわかるまでは学校の指示に従ってください」

動揺する気持ちはわかりますが、冷静になってくださいと国松警部補が話を続けた。

「今までと変わることなく、高校生らしく勉学に励み、友情を育《はぐく》み、楽しい学校生活を送ってほしいと校長先生や他の先生方は願っていますし、それは高木先生も同じでしょう。私からは以上です」

冷静になれって言うけど、と隣にいた学級委員の桜田が囁いた。

「担任とクラスメイトが死んだんだぞ？　そんなの無理だよ」

しばらく落ち着かないだろうな、とぼくはうなずいた。

「でも、四月には二年生になるし、クラス替えもある。時間が経てば、みんな忘れるさ」

意外だな、と桜田がぼくの顔を見つめた。

「高木先生とクラスで一番親しかったのは晃だろ？　時間が経てば忘れるって、本気でそう思ってるのか？」

世の中ってそうじゃないか、とだけぼくは言った。満春父のことが頭にあった。

五歳の時、満春父は事故で死んだ。学校の友達も多かったし、会社の人たちとも親しくしていた。誰もが満春父の死を悼み、葬儀の席で泣いている人もたくさんいた。

最初のうちは、そういう人たちがしょっちゅう家に来て、ぼくと母を慰めたり、寂しいとか信じられないとか、そんなことを言ってたけど、いつの間にか誰も来なくなった。

どんなに親しくしていても、他人の死をいつまでも覚えてる者はいない。結局は忘れてしまう。

それが悪いと言ってるんじゃない。ぼくだって、毎日満春父のことを思い出すわけではないし、母は俊幸さんと再婚した。

生きている者には、それぞれの人生がある。いつまでも思い出に浸っているわけにはいかない。

自分にどこか醒めたところがあるのはわかっていた。それは満春父の死のせいで、世の中にはどうしようもないことがある、とぼくは知っていた。

生徒はそれぞれの教室に戻りなさい、と壇上で教頭の江口先生が甲高い声を上げた。

「本日、午後の授業は自習とします。六限目が終わったら帰宅するように。繰り返します、本日午後の授業は自習と……」

講堂にいた生徒の列が動き始めた。ふと目をやると、寂しげな表情を浮かべた結花が立っていた。信じられないほど、その顔は美しかった。

4

私立高校の教師と生徒の心中事件は、大ニュースになってもおかしくない。でも、新聞やテレビで扱われたのは最初の一日二日で、続報はなかった。

校長や県の教育委員会が知事を通じて取材を止めたとか、そんな噂も流れていたけど、本当のところはわからない。ただ、学校の先生たちが高木先生とハマキョーの死に触れないようにしていたのは確かだ。

誰も正確な情報を教えてくれなかった。それもあって、生徒たちの間で出所のはっきりしない噂が飛び交うようになっていた。

大筋で言えば、教師と生徒という一線を越えて付き合っていた二人が、将来に絶望して心中したということになる。

でも、気づくと高木先生に問題があったという噂が広がっていた。ロリコンで、以前から教え子と性的な関係を持っていたというのもそのひとつだ。

浦高に赴任する前、高木先生は違う高校で教えていた。そこを辞めたのも不祥事を起こしたためだとか、交際を強要された生徒が自殺したとか、そんな話をぼくも何人かの生徒から聞いていた。

ハマキョーに好意を持った高木先生が交際を迫ったが、断られて逆上し、ハマキョーを殺して自殺したという噂を信じていた生徒も少なくなかった。

二人が体育倉庫で首を吊ったのは新聞の記事になっていたから、信憑性があると思ったんだろう。

　ハマキョーの体に乱暴された痕があった、卑猥ないたずら書きが残っていた、ハマキョーの首が切断されていた、そんな話は数え切れない。

　高木先生がハマキョーを殺して、体をバラバラにする様子を撮影したビデオが見つかったとか、噂はどこまでもエスカレートしていく一方だった。

　冷静に考えれば、そんなことはあり得ないとすぐにわかっただろう。でも、噂の勢いは凄まじく、誰にも止めることはできなかった。

　先生たちの耳にも、噂は入っていたはずだ。だけど、嘘だと証明するには、何が起きたのかすべて説明しなければならない。

　下手に動けば、マスコミが殺到するという危惧があったのかもしれない。そのためか、学校は詳しい事情を説明しないままだった。

　何かがおかしい、という想いがぼくの中にあった。高木先生は保護者からの評判も良かったし、生徒たちも慕っていた。簡単に言うけど、高校生がそんなふうに思う先生なんて、めったにいない。

　それなのに、高木先生を悪者にするような噂が一人歩きしている。誰かがぼくたちを誘導している、そう思えてならなかった。

でも、何のためにそんなことをするのか。高木先生は死んでいる。今さら評判を落としても、意味なんてない。

騒ぎが収まったのは、三月に入った頃だった。学年末試験が迫っていたこともあったし、人の噂も七十五日というけど、そういうことかもしれなかった。

時間が経てばみんな忘れる、と一月の始業式の翌日、ぼくは桜田に言った。実際、その通りになった。でも、どこか釈然としなかった。

酷い噂を流していたのが誰なのか、それを突き止めようと思ったのは学年末試験が終わった頃だ。その話をすると、賛成だよと三笠がうなずいた。

「高木先生はいい人だった。それは誰だってわかってる。だけど、手のひらを返したようにみんな悪口を言いまくってるだろ？　俺もむかついてたんだ」

高木先生がハマキョーと心中したとしても、人格を否定したり、傷つけるようなことを言うのは間違っている。三笠も同じことを言っていた。

春休みが始まると、三笠と手分けしてC組の生徒と会い、話を聞くことにした。電話でするような話じゃないし、表情でわかることがあるかもしれない。

噂の出所が誰なのか、それを調べるつもりだったけど、思っていたより難しかった。クラスメイトの誰もが、聞いた噂を友達に伝えただけだと言った。誰に聞いたのかと尋ねても、覚えていないと首を振るだけだ。

　噂って、そんなものかもしれない。誰が話したとか、いつ、どこで聞いたとか、細かいことは覚えていない。幻を追っているようだった。

　それでも一週間ほど続けていると、最初にC組の女子生徒たちの間で噂が囁かれていたのがわかった。それが男子生徒に伝わり、いつの間にか学校全体に広まっていったようだ。

　女子生徒の誰かが意図的に高木先生を貶めるような噂を流し、C組の生徒から他のクラス、上級生たちに伝わった。そこまでは確かだ。

　でも、言い出したのが誰かを特定することはできなかった。男子と女子の間には、目に見えない壁がある。誰に聞いても、はっきりしたことはわからなかった。

　萌香に相談する、とぼくは三笠に言った。萌香なら何か知っているはずだ。ヒントぐらいは教えてくれるかもしれない。

　その日の夜に電話して、次の日に会う約束をした。待ち合わせていたファストフード店に萌香が来たのは午後一時過ぎで、約束していた時間より一時間以上遅かった。

　買ってきたオレンジジュースの紙コップをトレイに載せた萌香が、ぼくの前に座った。奇妙なぐらい、その表情が強ばっていた。

5

「三笠くんと探偵ごっこしてるの？」

萌香が唐突に口を開いた。そんなつもりじゃない、とぼくは首を振った。

「どうしたんだよ、そんな顔して……何かあったのか？」

ストローを袋から出した萌香に、ぼくは自分のフライドポテトを押しやった。機嫌を取るようでカッコ悪かったけど、他にどうしていいかわからなかった。

「あのね……止《や》めた方がいいと思う」

萌香はフライドポテトに手をつけなかった。どうしてだ、とぼくは腕を組んだ。

「高木先生は優しくていい人だった。萌もそう思うだろ？　それなのに、悪意の塊みたいな最低の噂が流れている。先生がハマキョーを殺して自殺したなんて、そんなわけないだろ」

萌香がそばに誰もいないのを確かめるような目で辺りを見回した。

「どうしたんだよ。何か気になることでもあるのか？」

調べてどうするの、と萌香が低い声で言った。

「高木先生はいい人で、あたしも好きだった。でも、もう亡くなってしまったんだし、冷たい言い方に聞こえるかもしれないけど、そんなことをする意味がある？」

ぼくの知ってる萌香は、こんなことを言わない。いつもと何かが違った。

そうかな、とぼくは自分のコーラをひと口飲んだ。

「誰かが高木先生の評判を悪くするようなことを言い触らしている。恨みがあるんなら、堂々と言えばいい。根拠のない噂を撒き散らすのは卑怯だ」

目をつぶった萌香が大きなため息をついた。一気に十歳ぐらい歳を取ったような顔になった。

「お願いだから、もう止《や》めて」何をしたって高木先生は戻ってこない、と萌香が唇を嚙んだ。「ハマキョーもよ。噂なんて、すぐに消える。余計なことをすれば、かえって二人を傷つけることになる。藪をつつけば蛇に咬《か》まれる。もっと酷いことだって――」

どうしたんだ、とぼくは萌香の顔を見つめた。そこにあったのは、純粋な怯えだった。

「これ以上踏み込んだら、最悪の結果が待ってる。あたしにはわかるの」

手を伸ばして肩に触れようとすると、椅子ごと萌香が下がった。触ったら何かが感染《うつ》る、と思っているみたいな素早い動きだった。

「……前世が見えるとか、オーラの色がわかるとか、そんなことを話す女子がいるでしよ？」

　何を言いたいのかわからなかったけど、原藤瞳子《はらふじとうこ》だろ、とぼくはうなずいた。

「林間学校で女子を集めて幽霊話をしてたのを覚えてる。そういえば、升元くんは前世でイタリアの農民だったって言われたことがあったな。馬鹿らしくて、相手にしなかったけど――」

　瞳子みたいな子はどこにでもいる、と萌香がぼくの話を遮った。

「あの子たちには、何も見えていない。でも、それらしい話をすれば、信じる人がいるってわかってる。だからあんなことを言うの」

　萌香は誰であれ他人の悪口を言わない。でも、隠し切れない嫌悪感が声から伝わってきた。

　みんなわかってるよ、とぼくは言った。

「だけど、それなりに付き合ってる。原藤だって悪気はないんだ」

　何かが見える人はいる、と萌香が低い声で言った。

「そういう人は何も言わない。言ったところで、何も変わらないって知ってるから……でも、きっとまだ間に合う。お願いだから、高木先生のことは忘れて。晃くんには何もできない。それどころか、もっと悪いことが起きる」

どうしたんだよ、とぼくは座り直した。

「オーラが不安定になってる、このままだと事故に遭うかもしれない、外出する時は車に気をつけて……原藤ならそう言ってもおかしくない。不安を煽って、注目されたいんだ。だけど、萌は違うだろ？　何でそんなことを言うんだ？」

あの子には何も見えない、と萌香が言った。

「萌には見えるってことか？」

あたしにも見えない、と萌香が首を振った。

「でも、わかるの。晃くん、はっきり言う、高木先生のことを調べるのは止《や》めて。それだけじゃない、転校するの。このまま浦和にいたら、どうなるかわからない。今すぐ家を出て！」

涙を浮かべて立ち上がった萌香の手を摑み、待ってくれとぼくは言った。

「今すぐ家を出ろって……アパートを借りて、一人暮らししろってことか？　そんなこと、高校生にできるわけないだろ。親だって許さないよ。何でぼくが転校しなきゃならないんだ？　ちゃんと説明してくれ」

萌香が口をつぐんだ。整った顔に、諦めに似た表情が浮かんでいた。

「高木先生の噂を流しているのは……あの子よ」

長い沈黙の後、萌香がつぶやいた。目の前にいるぼくにしか聞こえないほど小さな声だった。

「あの子？　誰のことだ？」

わかってるはず、と萌香が顔を伏せた。

「あたしたちがこんなことを話してると知ったら、あの子が何をするかわからない。でも、あたしは晃くんを救いたい。このままだと、逃げることもできなくなる。お願いだから、言うことを聞いて。あたしにはわかるの」

結花のことか、とぼくは萌香の手を離した。

「何でそんな……萌は結花のことを何もわかってない。悪く言うのは止《や》めろ。〝あたしにはわかるの〟って、さっきから何だよ。どうかしてるんじゃないか？」

顔を伏せた萌香に、結花が高木先生に悪意を持つはずないだろ、とぼくは言った。きつい口調になっているのはわかってたけど、止められなかった。

「結花は二学期に転校してきたばかりだ。敵意、憎悪、恨み、そんな感情は誰にだってある。だけど、結花はほとんど高木先生と話していない。そんな相手を悪く言うわけないだろ。どうして萌はそんなふうに思ったんだ？」

何も言わずに、萌香が店を飛び出し、駅の方へ走っていった。ぼくは呆然とその後ろ姿を見ているしかなかった。

6

ぼくにとって、萌香は大切な友達だ。ある意味では藤原や三笠より親しい。

一方的に結花を悪者扱いした萌香に、最初は腹が立ったけど、家に帰って冷静になると、ぼくの言い方が良くなかったと思い直した。

結花は無口だし、感情表現がうまいとは言えない。誤解されるようなことがあったんだろう。

それは萌香のせいじゃない。結花も周りとコミュニケーションを取るべきだったし、ぼくもケアできるところがあったはずだ。

厳しい言い方をしたのを謝ろうと、何度か電話をしたけど、萌香が出ることはなかった。どうすることもできないまま、ぼくは二年に進級した。

浦高では毎年クラス替えがある。親友の藤原はB組、三笠はD組、そんなふうに分かれていった。

ぼくは二年A組で、一年の時一緒だった桜田や戸倉《とくら》たち男子、大貫や添田《そえだ》たち女子、そして結花も同じA組になった。

新しい担任は去年の春に赴任してきたばかりの菅野《すがの》慶子《けいこ》先生だ。音大卒で、どこか女子大生っぽさが抜けていないけど、優しくて明るい性格だから、A組の生徒は喜んでいた。

でも、ぼくはそれどころじゃなかった。新学期が始まったその日、萌香が赤羽の私立高校に転校したのがわかったからだ。

仲が良かった浅比奈《あさひな》とか森下《もりした》たち女子も、前日の夜に連絡があるまで萌香が転校するのを知らなかった。

浦和駅から赤羽駅までは、京浜東北線で二十分もかからない。引っ越したわけでもなく、電話番号も変わっていない。

つまり、学校だけ転校したことになる。そんな話は聞いたことがなかった。

どうして転校したの、と浅比奈たちが電話で聞いたら、萌香は理由を言わなかったし、もう連絡しないでと一方的に切ったという。

何があったんだろう、と女子たちが心配そうに話していた。でも、彼女たちよりぼくの方が驚いていたかもしれない。

家に帰り、すぐに萌香の家に電話した。出たのはお母さんだった。

「悪いけど、升元くんとはお付き合いできないとあの子が言ってるの」

もうかけてこないでね、と言ったお母さんがそのまま電話を切った。浦高との関係を完全に断つつもりなのがわかった。

萌香の家には何度か遊びに行ったことがある。中学からの付き合いだから、お母さんもぼくのことをよく知っている。

でも、信じられないぐらい声は冷たかった。どうしてこんなことになったのか、思い当たる理由は何もなかった。

いじめを受けた生徒が不登校になって、やむを得ず転校するという話を聞いたことがある。でも、萌香がいじめられていたなんてあり得ない。誰からも好かれていたし、優しい性格だ。

春休みにファストフード店で会った時、ぼくが厳しいことを言ったからだろうかと思ったけど、転校はそんなに簡単じゃない。

春休みに入る前から、手続きをしていたんだろう。そうなると、ますます転校の理由がわからなくなった。

その週の日曜、浅比奈たちが萌香の家へ行くと聞いて、ぼくも一緒に行くことにした。でも、家にいたのはおばあさんだけだった。

ずっと前、挨拶だけしたことがある。二年前にご主人を亡くして、暮らしていた沖縄から萌香のお母さんが引き取ったと聞いていた。

ぼくたちを家に入れて、何かずっと喋ってたけど、方言がきつくて何を言ってるのかまるでわからなかった。どうしようもないまま、浅比奈たちと無言で帰るしかなかった。

翌日の月曜、もやもやした気持ちを抱えたまま学校へ行き、授業を受けた。何も耳に入らなかった。

放課後、正門を出ると、若い色黒の男が声をかけてきた。

「升元くんだね？　話がしたいんだけど、時間はあるかい？」

背広の内ポケットから出てきたのは警察手帳だった。ぼくは男の顔を見つめた。体育倉庫の前でゴリと話していた刑事なのは、最初からわかっていた。

7

学校と浦和駅の真ん中にある古い喫茶店に入り、屋敷《やしき》と名乗った若い刑事が向かいの席に座った。彫りが深い外国人のような顔立ちで、あまり刑事らしくなかった。

「あの日、体育倉庫の近くにいただろう？」高木先生が自殺した翌日だ、と屋敷刑事が正面からぼくを見つめた。「金網越しに見てたのは気づいてたよ。怒ってるわけじゃない。何かあれば見に行くのが高校生ってもんだろ？」

ざっくばらんな話し方で、少し気が楽になった。

「ぼくは浦和東署の刑事係で、高木先生と浜田京子さんの事件を担当している。最初は心中だと考えられていたけど、不審な点があったのも本当だ。ぼくともう一人、若月《わかつき》という県警の刑事が継続捜査を命じられた」

よくわからないままうなずくと、説明するよ、と屋敷刑事が身を乗り出した。

「ポイントがいくつかある。まず、高木先生の人柄だ。校長先生をはじめ、浦高の教職員、奥さん、学生時代の友人、誰に聞いても教え子の女子生徒に手を出すような人じゃないと話している。以前、秩父の高校で教えていたのは知ってるかい？　トラブルがあったという噂が流れているようだが、調べたところ何もなかった」

そんな先生じゃありませんと言うと、だから浜田さんと関係がなかったとは言い切れないんだが、と屋敷刑事がコーヒーをひと口飲んだ。

「奥さんによれば、去年の十一月頃から、家に変な電話がかかってくるようになったらしい。奥さんが出るとすぐに切るが、高木先生だと延々と話していたそうだ。受話器から漏れてくる声で、若い女性だとわかったけど、生徒の相談だと思ったので、詳しいことは聞かなかったと言ってる。生徒にもプライバシーがあるからね」

「あの、よくわからないんですけど、ぼくにそんな話をしてもいいんですか？　警察って……」

細かい事情は後だ、と屋敷刑事が話を続けた。

「十二月に入ると、電話の回数が一気に増えた。早朝でも夜中でも、お構いなしにかかってくる。出なくていい、と高木先生は奥さんに言ったそうだ。だけど、悩んでいる生徒を放っておくような先生じゃないのは君も知ってるだろ？　相談の電話がかかってきたら、必ず出たはずだ。違うかい？」

そう思いますとうなずくと、奥さんの話では電話の相手に怯えていたようだ、と屋敷刑事がくわえた煙草に火をつけた。

「寝不足が続き、夜中に飛び起きることもあった。食欲もなくなり、言動がおかしくなった。外で物音がすると、何時でも家の周りを調べに行ったり……そんな人じゃなかったんです、と奥さんは話してたよ」

様子がおかしいのは、ぼくたちも何となく気づいていましたと言うと、そうだろうね、と屋敷刑事が天井に向けて煙を吐いた。

「同僚の先生方も心配していたし、何かあったのかと聞いた人もいたんだ。だけど、高木先生は首を振るだけだった……十二月の中旬になると、一日に十回以上電話が鳴ることも珍しくなっていた」

「十回？」

もっと多かった、と屋敷刑事が言った。

「誰からの電話なの、と奥さんが聞いても答えない。小学生の息子さんがいるんだけど、目を離すな、何かあれば警察に電話しろ、そればかり繰り返していたそうだ。おそらく、電話をかけてくる若い女性に脅されていたんだろう。誰かに話したら息子を誘拐するとか、そんなことを言われていたのかもしれない」

身代金目的ですかと言ったぼくに、ドラマの見過ぎだと屋敷刑事が苦笑した。

「もっと深刻な事情があったはずだ。不安な毎日が続けば、精神のバランスが崩れる。そう考えれば、様子がおかしかったのも納得がいくだろ？」

「その若い女性って、ハマキョーなんですか？」

最初はそう考えていた、と屋敷刑事がうなずいた。

「だけど、浜田さんは去年の十二月十五日におじいさんを亡くしている。葬儀に参列するためにご両親と鹿児島へ行き、学校を休んでいたのは確認済みだ」

十二月の半ば、何日かハマキョーが休んでいたのは、ぼくも覚えていた。

鹿児島へ行ったのは十六日、東京に戻ったのは十九日だった、と屋敷刑事がメモ帳を開いた。

「だが、その間も高木先生の家の電話は鳴り続けていた。通信記録を確認したが、すべて浦和駅近くの公衆電話からだった。つまり、鹿児島にいた浜田さんは関係ないことになる」

「じゃあ、誰なんです？」

そこが難しくてね、と屋敷刑事が顔をしかめた。

「もうひとつ、別の問題がある。現場で遺書が見つかったのは知ってるね？　教師と女子生徒が許されない関係になった、別れるぐらいなら死を選ぶ、京子と二人で天国へ行く、そんなことが書いてあった。字は汚いし、筆跡も乱れていたけど、自殺の場合はよくあることでね」

不自然な話じゃない、と屋敷刑事がメモ帳を閉じた。

「ただ、発見が早かったから、解剖で死亡時刻が推定できた。亡くなったのは高木先生の方が先で、約三十分後に浜田さんが死亡している。心中なら、時間が違うのはおかしいだろ？」

よくわかりません、とぼくは首を振った。まだある、と屋敷刑事が話を続けた。

「高木先生の体内から、睡眠薬が検出された。首吊り自殺する者が睡眠薬を使用することがないとは言い切れないけど、常識的には考えにくい。そして、浜田さんの後頭部には打撲痕があった。わかりやすく言うと、殴られて意識を失い、そのままロープで首を絞められたってことだ。自殺に見せかけるための偽装工作だよ」

　テレビドラマのあらすじを話しているような口調だった。頭の奥で、ずきずきするような痛みが疼き始めていた。

「高木先生が殺害したとすれば矛盾はないが、さっきも言ったように浜田さんの方が後に死んでいる。つまり、二人を殺した犯人がいる可能性があるんだ」

　仮にだけど、二人が付き合っていたとしよう、と屋敷刑事が新しい煙草に火をつけた。

「教師と教え子と言っても、男と女だから、そういうことだってあるだろう。だけど、二人が学校の外で会っているのを見た者はいない。それぞれの家の通信記録を調べたが、お互いの家に電話をかけてないのは確かだ」

　先生から直接電話がかかってくることはめったにない。生徒の方から電話をかけるなんて、絶対ないと言ってもいいぐらいだ。

「連絡も取らず、会うこともなかった二人が心中するなんて、おかしな話だと思わないか？つまり、あの二人は付き合っていなかったんだ」

　でも遺書があったんですよねと言ったぼくに、あれは証拠にならない、と屋敷刑事が肩をすくめた。

「筆跡鑑定できないほど、汚い字だったんだ。いろいろ考えたんだが、これは単なる心中事件じゃない」

心中を装った殺人だよ、と屋敷刑事が煙草を灰皿に押し付けた。

「係長に報告したが、心中を否定するはっきりした証拠がないのも本当でね。死亡時刻の差も、誤差の範囲と言われたらうなずくしかない。二人が県外で会っていたなら、誰も見ていなくても不思議じゃない。毎日のように学校で顔を合わせていたから、電話をかける必要はなかった、そう考えることもできる」

ぼくたちと高木先生が顔を合わせるのは、ホームルームを除けば毎週一コマある古文の授業の時だけだった。他の時間に先生がどこで何をしていたか、正確にはわからない。その間にハマキョーと会っていたのかもしれなかった。

不審な点が目立つのは確かだ、と屋敷刑事が言った。

「それは県警もわかっている。だからマスコミを抑えて、情報が漏れないようにしているんだ。結論を急げば、捜査にミスが起きかねない。少数精鋭ってことで、ぼくと若月刑事が継続捜査を命じられた」

新聞やテレビで続報がないのは変だと思ってました、とぼくは言った。話を戻そう、と屋敷刑事がメモ帳の別のページを開いた。

「警察が捜査情報を高校生に話すことなんて、普通はない。でも、君にしかわからないことがある。だから、手持ちのカードを全部見せた」

ぼくは二人を殺した真犯人がいると考えている、と屋敷刑事が言った。

「殺人には動機がある。高木先生の家にしつこく電話をかけた真犯人は何らかの理由で先生を恨んでいたんだろう。そうでなければ、あんなことはしない」

「わかります」

確かなのは、高木先生の自宅に何十回、何百回と電話をかけ続けた若い女性がいることだ、と屋敷刑事がコーヒーを飲んだ。

「その女性が使っていたのは、浦和駅近くの公衆電話だった。早朝、深夜、何時でもかけている。高木先生がなぜ警察に通報しなかったのか、それはわからないが、よほど怯えていたんだろう」

十二月の十日頃、高木先生に呼ばれた時のことが頭を過った。先生の顔は真っ青で、目が泳いでいた。何かを恐れていたから、あんな顔になっていたのか。

浦和駅近くの公衆電話を使う者は数え切れない、と屋敷刑事が唇をすぼめた。

「若い女性っていうだけじゃ、捜しようがない。あの辺りで防犯カメラがあるのは駅の改札だけで、公衆電話は映っていなかった。ただ、真夜中に電話をかけていた少女をタクシーの運転手が目撃していた」

「少女？」

顔を覚えている者はいなかった、と屋敷刑事が言った。

「背が高くて痩せていた、髪はロングのストレート、特徴はそれぐらいだけど、君はその少女を知ってるんじゃないか？」

結花のことですか、とぼくは首を傾げた。

「タクシーの運転手さんが見た女の子が結花と似ているのは確かです。でも、高木先生を恨んでいたとか、そんなことあり得ませんよ。結花が転校してきたのは二学期で、高木先生とまともに話したことなんてなかったし、そんな人を恨んだり、ましてや殺すわけないでしょう？」

理屈はそうだ、と屋敷刑事がうなずいた。

「だが、君が思っているより、ぼくはこの事件のことを詳しく調べている。この半月、浦高の近くでタクシー運転手の証言に該当する女子生徒を捜し続けた。もちろん、背が高くてスリムな子は何人もいたし、ロングのストレートヘアの子も珍しくない。浜田さんもそうだったしね。それでも、撮影した十人以上の女子生徒の写真をタクシーの運転手に見せると、この子だと思う、とほとんどの者が升元結花さんを指さした。彼女の名前、君のご両親との関係は教頭先生に聞いている」

　結花は犯人じゃないと立ち上がったぼくに、落ち着けよ、と屋敷刑事が言った。

「運転手たちも絶対だと言ってるわけじゃない。警察だって、曖昧な証言だけじゃ動けない。ただ……警視庁の捜査一課に菅原《すがわら》という刑事がいる。ぼくは埼玉県警の刑事だから、仕事上の付き合いはない。だけど、大学の先輩だから、プライベートで飲みに行ったり、そんなことはある」

　だから何だって言うんです、とぼくは座り直した。しばらく前、菅原さんにこの事件のことを話した、と屋敷刑事が言った。

「意見が聞きたかったんだ。升元結花の名前を出すと、聞き覚えがあると言った。彼女の本名は雨宮結花だね？」

　小さくぼくはうなずいた。どうして菅原という刑事は結花のことを知っているのだろう。

　本人は雨宮リカと名乗っているそうだが、と屋敷刑事が先を続けた。

「彼女の父親は轢《ひ》き逃げに遭って死んでいる。まだ犯人は捕まっていない。捜査を担当しているのは警視庁で、その過程で雨宮家に出入りしていた複数の人間が不審死もしくは行方不明になっていることがわかった。これ以上詳しい話はできないが、ぼくが彼女を不審に思う理由はそれだ」

思い込みですと言ったぼくに、屋敷刑事が名刺を差し出した。

「思い出したことがあれば電話してほしい。上は浦和東署の直通番号で、下はぼくの自宅だ。彼女が犯人だと決めつけてるわけじゃない。ただ、どうも気になる……このことは誰にも言わないでくれよ。高校生に情報提供を頼んだのがわかったら、あっと言う間に首を切られるからね」

わかりましたと答えると、時間を取らせて悪かった、と屋敷刑事が笑みを浮かべた。

「ぼくはもう少しここにいる。気をつけて帰れよ」

屋敷刑事がメモ帳にボールペンで何か書き込み始めた。ひとつ頭を下げて喫茶店の外に出ると、厚い雲が空を覆っていた。

雨になるかもしれないと思った時、視線を感じて振り返った。でも、誰もいなかった。

屋敷刑事は何もわかっていない。結花が人殺しなんてあり得ない。馬鹿らしくて、腹も立たなかった。

名刑事のつもりかもしれないけど、自信過剰なだけだ。冤罪事件が起きるのは、あんな刑事が多いからだろう。

ぽつり、と雨粒が落ちてきた。ぼくは駅までの道を早足で進んだ。

8

俊幸さんが結花を養女にするための手続きを始めたと聞いたのは、四月半ばだった。

簡単に養子縁組と言うけど、実際にはいくつか条件がある。未成年の場合は家庭裁判所に養子縁組許可の申し立てをした上で、許可を取らなければならない。

母も弁護士や市役所に相談していたけど、実務能力がない人だから、結局は俊幸さんが全部やり直したそうだ。

年明けに銀座のウィークリーマンションを引き払って、毎日浦和に帰ることにしたけど、相変わらず俊幸さんは忙しかった。九時五時の生活になると本人が言っていたのは、希望的観測に過ぎなかったようだ。

朝七時頃に家を出て、帰りは九時か十時、もっと遅いこともあった。そんな中、家庭裁判所に通い、養子縁組の許可申請をするのは大変だっただろう。

家庭裁判所には、養子縁組に関して判断基準がある。ひとつは養親の年齢、職業を含め、経済的に養子を取っても大丈夫か、教育環境は整っているか、そんなことだ。

つぼみ銀行は都銀ビッグスリーの一行で、俊幸さんは役員だから、そこは余裕でクリアだった。

結花と俊幸さん、母、それにぼくと孝司との関係も重要だ。誰かが強く反対すれば、許可が下りないこともある。

ただ、ぼくは高校生だし、孝司ももう一年留年することになったから、賛成も反対もない。養女の話を進めたのは母で、結花もそれを望んでいる。

最初は慎重だった俊幸さんも、結花と話してその方がいいと考えるようになっていたから、特に問題はなかった。

一番難しかったのは、養親が養子縁組をする理由だった、と俊幸さんは話していた。本当なら、まず実の親と話し合って、養子にする了解を取らなければならない。それが養子縁組のルールだ。

うちの場合、俊幸さんと母が結花の実母である麗美さんと話し合うことになる。でも、麗美さんは新興宗教に出家して、どこにいるかわからなかった。連絡は一切取れないから、話し合うも何もない。

だけど、戸籍の上で麗美さんは生きている。実の親の同意がなければ、養女にすることはできない。母が失踪届を出していなければ、どれだけ時間がかかったかわからない。

麗美さんと長女の梨花が行方不明になっていることを警察に届け、詳しい事情を説明していたので、家庭裁判所も養子縁組を許可する方向で話を進めている、と俊幸さんが流れを説明してくれた。

「夏頃、結花はうちの養女になる」四月最後の土曜日、夕食の時に母が言った。「でも、あたしたちのことをママとかパパとか、そんなふうに呼んでなんて言わないし、今までと何が変わるわけでもないの。法律上の親子になるだけで、その方が何かと便利なのはわかるでしょ？」

結花がうなずいた。いいんじゃないの、といつもの軽い調子で孝司が言った。

いろいろ考えたけど、それが一番いいと思う、と俊幸さんがうなずいた。

「お父さんの武士さんは亡くなっているし、麗美さんの所在も不明だ。結花ちゃんは未成年だし、高校を卒業した後のことも考えなきゃならない。ぼくの個人的な意見だけど、大学には行った方がいいと思ってる。そうなると、養女としてうちの籍に入っておいた方がいろいろスムーズに進むのは確かだ。成人になれば、結花ちゃんの意思で養子縁組を解消することもできる。雨宮の籍に戻ってもいいんだよ」

そんなに簡単じゃないけどね、と母が笑った。

「手続きが面倒だって、弁護士さんが言ってたでしょ？　そりゃそうよ、戸籍ってそんなに軽いものじゃない。でも、その辺はまた考えればいい」

そうだね、とぼくはうなずいた。結花が正式に養女になるのが嬉しかった。これからも結花と一緒に暮らせる。二人で話をしたり、遊びに行くこともできる。後はタイミングがすべてを決めるだろう。

ただ、気になることもあった。高木先生の事件の後、結花はそれまでのようにぼくと話さなくなっていた。

ショックを受けたからだろうと思ってたけど、一緒に登校するのも止《や》めていたし、ぼくを避けている感じもあった。

スキー旅行の帰りに買ったネックレスも渡せないままだ。机の上にある箱を見るだけで、気分が落ち込んだ。

何か怒らせるようなことをしたのだろうか。でも、心当たりはなかった。

女の子が訳もなく不機嫌になるのはよくあることで、時間が経てば元に戻るとわかっているつもりだ。だけど、何となく落ち着かなかった。

ひとつだけ、と母が人差し指を立てた。

「麗美さんは広尾の家を担保に銀行から借金してるの。事情を話して期限を延ばしてもらったけど、返済しないと家を銀行に取られちゃう。だから、麻布のクリニックを売ろうと思うんだけど、いいわね？」

麗美さんが寄付という形で、新興宗教団体に三千万円を渡していたのはぼくも聞いていた。はい、と結花が暗い表情でうなずいた。

気持ちはわかるつもり、と慰めるように母が結花の肩に手を置いた。

「思い出もあるだろうし、お父さんのクリニックを売りに出すのは嫌よね……でも、借りたお金は返すのが社会のルールよ。面倒なことは全部あたしがやるから、任せてくれるでしょ？」

ダイマル銀行の担当者と会った、と俊幸さんが言った。

「麻布のクリニックには、少なくとも五千万円の資産価値があるそうだ。借金を返済しても、一千万円以上手元に残る。二十歳になるまではぼくたちが管理するけど、それは結花ちゃんのお金だ。大金だから、つぼみ銀行への預金をお勧めするよ」

すみません、と結花が頭を下げた。お金の話は止《や》めてよ、と母が表情を硬くした。

「銀行マンって、デリカシーがないわよね。まだ結花は子供なのよ？　今そんなこと言う必要がある？」

冗談じゃないか、と俊幸さんがなだめるように言ったけど、夕食が終わるまで母は口を利かなかった。

そんなに怒るような話じゃないと思ったけど、機嫌を損ねると長引く性格だから、下手に口を出すより黙っていた方がいい。

この日は俊幸さんが皿洗いをすることになり、ぼくと結花は部屋に戻った。孝司とリビングに残った母が、真面目過ぎるのよと言う声が聞こえた。二人で俊幸さんのことを話しているようだ。

部屋のドアノブに手を掛けた時、背後に気配を感じて振り向いた。少し離れたところで、結花がぼくを見つめていた。

声をかけてくるわけではなく、ただ見ている。結花の瞳は真っ暗な深い穴のようだった。

背中を向けた結花が立ち去った。ドアを閉めてベッドに寝転がると、大きなため息が口から漏れた。

暗渠《あんきょ》、という言葉が頭に浮かんだ。現代文の志賀《しが》先生が授業の時に話していた。結花の目はまさにそれだった。

(どういうことだ)

枕に頭を埋めて、考え続けた。今までとは全然違う、冷たい目だった。

養女になるのを結花も望んでいる、とぼくは思っていた。年末、二人で話した時、養女でも何でもいいから、晃くんのそばにいたいと結花は言っていた。

「リカはどっちでもいいの。晃くんがいてくれたら、他には何もいらない。リカはあんまり人と話すのが得意じゃないでしょ？　だけど、晃くんにだけは何でも話せる。リカはそれだけで幸せ」

年が明け、ぼくは藤原たちとスキー旅行に行き、戻ったらすぐに高木先生とハマキョーの事件があった。立て続けにいろんなことが起きて、結花と二人で話すことができなくなっていた。

それでも、二年に上がるまでは二人で登校していたし、その時は前と同じように結花も話していた。ぼくより早く家を出て、一人で学校に行くようになったのは十日ほど前だ。

結花が家に来てからのことが、次々に脳内で再生されていった。去年の十一月半ば、高木先生と付き合っていると結花がハマキョーに言った、と萌香が話していたのを思い出した。

もちろん、それはハマキョーの嘘か、勘違いだ。結花はそんな子じゃない。結花が好きなのはぼくで、高木先生と付き合うなんてあり得ない。

英語の辞書にｒｉｋａ　ｔａｋａｇｉと書いてあったり、余白のページに高木リカと何十回も書き連ねていたけど、あれは結花の字じゃなかった。

ハマキョーが書いたんだろう。何を考えてそんなことをしたのか。どうかしている。

ハマキョーは地味で目立たない子だった。恋愛の話なんて、聞いたことがない。

だから、結花と高木先生が付き合っていることにして、結花を自分に重ね合わせた。すり替えたと言った方が正しいのかもしれない。

でも、どこかでハマキョーはそれが妄想だと気づいた。結花は高木先生と付き合っていないし、ハマキョー自身もそれは同じだ。

だから、絶望して高木先生を殺し、自殺した。それが真相だ。

(屋敷刑事に話した方がいいかもしれない)

その時、部屋の温度が突然下がった。気のせいじゃなく、二の腕に鳥肌が立ち、膝が震えていた。

何に怯えているのか、自分でもわからないまま、ぼくは目をつぶった。

何かが間違っている。でも、何も考えたくなかった。

9

翌日、日曜日の朝早く、俊幸さんが結花を連れて麻布に行った。

ダイマル銀行の担当者と不動産業者がクリニックの資産価値を算定することになっていて、その前に広尾の家も見てくるから、帰りは一時過ぎになると俊幸さんは言っていた。

昼前、母が買い物に出掛けた。いつものように、運転手兼荷物持ちの孝司と一緒だった。

家に残ったのはぼくだけだ。ためらう気持ちもあったし、迷ったけど、名刺にあった番号に電話をかけた。

屋敷ですという女の人の声と、赤ん坊の泣き声が聞こえた。奥さんと子供だとわかった。

「どうした、何か思い出したのかい？」

電話に出た屋敷刑事が明るい声で言った。そういうわけじゃないんですけど、とぼくは子機を耳に押し当てた。

「高木先生と最後に話した時のことを、話しておいた方がいいかもしれないって思ったんです」

「先生と何を話した？」

ぼくはその時の高木先生の様子を、できるだけ詳しく話した。ハマキョーの名前は出さなかったけど、それは高木先生が言わなかったからだ。それでも、ハマキョーのことを言ってるのは屋敷刑事もわかっただろう。

「誰よりも生徒のことを考えていた先生だったそうだね」屋敷刑事がライターで煙草に火をつける音がした。「誰が電話をかけているのか、奥さんにも言わなかったのは、相手が生徒だったからだろう。妙な噂が広がるのを避けたかったんじゃないかな」

「高木先生なら、そう考えてもおかしくありません」

だが、電話の回数が常軌を逸していたのは確かだ、と屋敷刑事が言った。

「十二月の末、もう二度とかけてくるなと高木先生が怒鳴って、受話器を叩きつけたのを奥さんが見ている。温厚な性格だと友人も口を揃えているし、奥さんも先生のそんな姿を見るのは初めてだった。だが、すぐに電話が鳴り出して、放っておいたら五分以上続いたと話してたよ。電話線を抜いて、朝までそのままにしていたそうだけど、まともじゃないのは君もわかるだろ？」

「その電話と……事件は関係あるんですか？」

何とも言えない、と屋敷刑事が舌打ちした。

「まだ推測に過ぎないからね。他に何かあるかい？」

玄関のドアが開く音がした。俊幸さんと結花だ。またかけますと言って電話を切ると、ただいまという声が聞こえた。

広尾のナショナルマーケットで洋風弁当を売ってた、と俊幸さんがビニール袋をリビングのテーブルに置いた。

「こういうのは浦和だとなかなかないから、買ってきたんだ。お昼はまだだろ？　三人で食べよう。奈緒美は孝司と買い物か？　どうして女の人は買い物の時間があんなに……何でもない」

お茶をいれてきます、と微笑んだ結花が台所へ向かった。俊幸さんがビニール袋から三種類のオシャレな箱を取り出した。

「ええと、どれがどれだっけな？　晃はチキンソテーがいいんじゃないかって思ったんだけど、クリームコロッケやエビフライ弁当もある。好きなのを選んでいいよ」

戻ってきた結花が湯飲み茶碗にお茶を注いだ。そのひとつを取り上げて、違うよ、とぼくは言った。

「これは孝司のだ。ぼくのは……いいよ、自分で取ってくる」

台所の食器棚を開けて、自分の湯飲み茶碗を出した。視界の端に電話の子機が映った。

（どうしてここに？）

晃、と俊幸さんが呼ぶ声がした。

「まだかい？　選んでくれないと、ぼくの弁当が決められないよ」

湯飲み茶碗を持ってリビングに戻ると、結花ちゃんはどれだっけ、と俊幸さんが聞いていた。

これです、と結花が弁当のひとつを指した。今までとは違う、明るい声だった。

さっきの笑顔もそうだ、と思った。ぼくと二人でいる時、結花はいつも笑っていた。

でも、俊幸さんや他の誰かがいると黙ってしまう。あんなふうに微笑むことはなかった。

慣れたのだろうか。うちに来たのは去年の八月の終わりだったから、九カ月ほどが経っている。俊幸さんが優しい人だとわかって、心を開いたのかもしれない。

いいことだけど、ぼくとしてはちょっと複雑だった。今まで、結花と話せるのはぼくだけで、結花もそれを望んでいた。俊幸さんに結花を取られたような感じがした。

馬鹿馬鹿しい、とぼくは顔を伏せた。独占欲なんて最低だ。そんなことはわかってる。俊幸さんに嫉妬するなんて、まるで子供だ。戸籍上とはいえ、父親なんだから、話すのは当たり前だろう。

「電話の子機、台所に持っていった？」

平静を装ってそう言うと、結花が首を振った。自分じゃないのか、と俊幸さんがからかうように言った。

「ぼくの歳になると、物忘れが多くなる。戸棚を開けてから、何を捜してたんだっけ、と首を捻ることもしょっちゅうだ。でも、高校二年生でそれはまずいんじゃないか？」

ぼくは弁当の蓋を開けた。冷たくなっていたけど、チキンソテーはそれなりに美味しかった。

洋風弁当を食べながら、俊幸さんが麻布のクリニックと広尾の家の話をした。結花の父親が交通事故で亡くなってから、クリニックは閉じていたそうだ。でも、月に一度業者が入って清掃していたので、中はきれいだったという。

「結花ちゃんが中を案内してくれたんだ。詳しいですねって、不動産屋の人も感心してたよ」

子供の頃、よく遊んでたんですと結花が言った。診察室は今でも使えそうだったな、と俊幸さんが箸を振った。

「武士さんの事故は突然だったから、そのままにしておくしかなかったんだろう。だけど、手術用の器具とか薬品を棚に保管していたのは良くないんじゃないか？　南京錠がかけてあったけど、空き巣が入ったら、あんな鍵はすぐ壊される。麗美さんは不動産屋に管理を任せていたんだって？」

そう聞いてます、と結花が言った。今さらしょうがないか、と俊幸さんが湯飲みのお茶を飲んだ。

「何もなかったから良しとしよう。さてと、ぼくは昼寝でもしようかな。晃は？」

友達と待ち合わせてる、とぼくは言った。最近、藤原に彼女ができて、自慢話が続いていたけど、相手のことは言わなかった。

紹介してやってもいい、と偉そうに言ったのは一昨日だ。他の友達と一緒に会うことになっていた。

車に気をつけろよとだけ言って、俊幸さんが自分の部屋に入った。ベースボールキャップを被って、ぼくは外に出た。

10

三日後の水曜日、朝のホームルームが終わると菅野先生に呼ばれた。丸い顔に不似合いな暗い表情が浮かんでいた。職員室に入ると、立っていた教頭の江口先生も不機嫌そうだった。どうして呼び出されたのかはわかっていた。日曜、藤原の彼女を紹介された。跡茶女子大の一年生で、とんでもない美人だった。

じゃあな、と彼女と腕を組んだ藤原が去っていった後、何であいつがと文句を言いながらゲームセンターで遊んでたのを誰かが見ていたんだろう。校則で禁止されているから、怒られても仕方ない。

停学はないにしても、生活指導の玉城《たまき》先生の長い説教が待ってると思うと、それだけで気分が落ち込んだ。

菅野先生が職員室の奥に目を向けた。座っていたのは五十代の男の人だった。表情が険しくて、ぼくを睨みつける視線が針のように尖っている。

菅野先生が暗い顔をしていたのは、怒っているのではなく、ぼくを心配しているからだとわかった。

埼玉県警の神崎《かんざき》警部補だと小声で言った江口先生が、別室を用意してありますと声をかけた。でも、神崎警部補は座ったままだった。

「升元晃くんだね？　聞きたいことがある」頑固そうな顎を向けた神崎警部補が口を開いた。「浦和東署の屋敷巡査は知ってるな？　詳しいことは聞いてないが、君と会っていたのは本人から報告があった」

うなずいたぼくに、屋敷は死んだよ、と神崎警部補が吐き捨てるように言った。

「昨日の夜中だ。プロパンガスのホースから漏れたガスに、煙草の火が引火したんだ。ホースにはカッター状の刃物で切り込みを入れた痕が残っていた。意味がわかるか？　屋敷は殺されたんだ」

何も言えないまま、ぼくはまばたきを繰り返した。現場に行ったが、酷い死に様だったと神崎警部補が言った。

「奥さんと娘さんも焼け死んでいたよ。屋敷は高木先生と女子生徒の心中事件の継続捜査を担当していた。君と会ったのは、情報確認のためだと話していた」

そうなのか、と江口先生が白髪の目立つ頭を強く掻いた。少し話しただけですと答えたぼくに、日曜の昼に屋敷の自宅へ電話したな、と神崎警部補が目の前の机を乱暴に叩いた。

「午後〇時三十一分、そして午後一時十五分だ。通話記録が残っていた。何を話した？　継続捜査班は浦和東署に置かれている。県警の若月刑事と県警本部に、君と話したと屋敷は伝えていたが、詳しいことは何も言っていなかった」

何もかもが突然で、どう話せばいいのかわからない。職員室にいた数人の先生が、ぼくたちを見ていた。

ぼくが屋敷刑事に電話をかけたのは一回だけだ。そう言おうとしたけど、部下とその家族を殺された神崎警部補の怒りが伝わり、何も言えなかった。

ガス爆発を引き起こした犯人は屋敷を恨んでいたんだろう、と神崎警部補が口元を歪めた。

「屋敷は優秀な刑事だったが、その分犯罪者の恨みを買うことも多かった。その中に犯人がいるのかもしれんが、君との電話のことも気になる。屋敷と何を話したか、詳しく話してもらうぞ」

別室へ、と江口先生が早口で言った。

「職員室には生徒も出入りします。事情を聞きたいのはわかりますが、私たちには生徒を守る義務が……」

屋敷は殺されたんです、と神崎警部補が抑えた声で言った。握った拳が震えていた。

「仲間が殺された無念がわかりますか？　彼はまだ二十八歳で、娘さんはまだ一歳にもなっていなかった。絶対に犯人を捕まえます。そのためなら何だってしてします」

とにかく別室へ、と江口先生が職員室の奥にある小会議室に向かった。立ち会いますと言った菅野先生を一瞥《いちべつ》した神崎警部補が、ぼくの肩を押して歩き出した。

4章　金網

1

小会議室に入ると、顔付きを更に険しくした神崎警部補が、二学期の終わりに高木先生と二人で話した時のことを詳しく説明するように、と厳しい口調で言った。

「どうして高木先生は君を呼んだ？　家にかかってくる不審な電話について話したのはなぜだ？」

そんなことを言われても、答えようがなかった。ぼくを呼んだのは高木先生で、なぜぼくだったのかはわからない。

何を言っても憶測になるけど、何か言わなきゃいけないと思って、ハマキョーだと思います、とぼくは言った。

「ハマキョーが電話をかけていたと、高木先生は思っていたみたいで……」

「君はハマキョー……浜田さんと親しかったのか？」

いいえ、とぼくは首を振った。

「だから、どうしてぼくなんだろうって思ってました。ただ、ハマキョーと結花がたまに話していたから、親戚のぼくに聞けば何かわかると思ったのかもしれません」

升元結花、と神崎警部補が生徒名簿のコピーに目をやった。

「君の伯父の娘だね？　君の両親が引き取ったことは、江口教頭から聞いている。どうして高木先生は彼女に直接話を聞かなかったんだ？」

結花は転校してきたばかりで、友達はいませんでしたとぼくは言った。

「ハマキョーともちょっと話していただけで、仲が良かったわけじゃないんです。何を聞かれても、答えられなかったはずだし、クラスメイトのことは先生に話しにくいでしょう？　ぼくから結花に話を聞いてくれということだったのかもしれないけど、そう言われたわけじゃなかったし……」

「それで？」

「高木先生はハマキョーの名前を言ってなかったけど、屋敷さんは早朝や夜中にハマキョーが家を抜け出して、浦和駅近くの公衆電話から電話をかけていたと考えたみたいです。タクシーの運転手が似ている女の子を見た、と話してました」

屋敷刑事が言ってたのは結花のことだけど、それを話すつもりはなかった。疑われたらかわいそうだ。ぼくが結花を守るしかない。

悪いと思ったけど、高木先生の家に電話をかけ続けていたのはハマキョーだった、と言うしかなかった。結花がそんなことをするはずもないし、ハマキョー以外考えられないということもあった。

不審な電話の件だが、と神崎警部補が舌打ちした。

「若い女性が利用していたのは、浦和駅近くの公衆電話だったが、去年の十二月半ば、浜田さんは祖父の葬儀のため、鹿児島へ行っている。その数日の間も、電話は鳴り止《や》まなかった。つまり、電話をかけていたのは浜田さんじゃない。タクシー運転手の目撃証言によれば、背の高い痩せた少女だったと考えられる。君には心当たりがあるんじゃないか？」

ありません、とぼくは歯を食いしばった。神崎警部補が疑っているのは結花だ。ぼくが思っている以上に、警察は事件のことを詳しく調べているようだ。

結花は高木先生、そしてハマキョーの死に関係ない。屋敷刑事も神崎警部補も、結花のことを知らないから、ちょっと似ているというだけで疑っている。結花が不利になるようなことは言わない、と決めていた。

口を閉ざしたぼくに目を向けた神崎警部補が、升元結花だが、と言った。

「彼女が二人を殺したと言ってるわけじゃない。だが、不審な電話については違う。どういう形かわからないが、関与していた可能性があるし、何か知っているのかもしれない……教頭先生、升元結花のことを教えてもらえますか？」

一年の二学期に転校してきた女子生徒です、と江口先生が早口で説明を始めた。

「升元の親戚の次女で、父親を交通事故で亡くすなど事情があって、升元の両親が引き取ることに……」

それは聞いています、と神崎警部補が指で机を弾いた。

「成績は優秀だそうですね」

私は教頭という立場ですので、と江口先生が空咳をした。

「彼女と直接話したことはそれほどないんです。ただ、物静かでおとなしく、真面目な生徒だと高木先生が話していたのは覚えています。個人的な意見ですが、夜中や早朝に担任の自宅に電話をかけるようなことをする生徒には思えません」

そうです、とぼくはうなずいた。

「毎日、朝でも夜でも高木先生の家に電話をかけていたなんて、そんなのあり得ませんよ。うちの親だって気づいたはずです。C組には背が高い女子、痩せた女子が何人もいました。

浦高全体で言ったら、四、五十人はいるんじゃないですか？　結花だと決めつけるのは間違ってます」

もうひとつ質問がある、と神崎警部補が右手の人差し指を立てた。

「昨日の深夜一時頃、彼女が家を出たとか、不審な行動をしていたとか、何か気づいたことはないか？」

あるわけないでしょう、とぼくは口を尖らせた。

「その時間はラジオを聴いていました。いつも聴いている深夜放送が始まる時間なので、起きていたんです。番組が始まる前にトイレに行った時、リビングのソファで結花が本を読んでるのを見ました」

「本当か？」

本のタイトルも覚えています、とぼくは言った。

「確か、『ドリアン・グレイの肖像』だったと思います」

結花は読書好きで、学校でも家でも暇さえあれば本を読んでいる。前にも何度か、遅い時間にリビングで小説を読む姿を見たことがあった。

ただ、昨日の夜は見ていない。本のタイトルは思いつきで言っただけだ。嘘をついたのは、結花を守るためだった。

でも、丸っきりの嘘じゃない。深夜放送が始まる時間まで、ぼくはずっと起きていたし、リビングでインスタントコーヒーを作ったり、そんなこともしていた。

　結花が家を出たら、音で気づいただろう。部屋にいたのは間違いない。

「その後は？」

　見張ってたわけじゃないからわかりません、とぼくは言った。

「だけど、ラジオが終わる三時まで起きていました。兄は出掛けてましたけど、両親はいたんです。母は眠りが浅い方で、ちょっと物音がしただけでも起きてきます。結花が家から出たら、気づかないはずがありません」

　そうか、とため息をついた神崎警部補が江口先生に顔を向けた。

「屋敷の家でガス爆発が起きたのは一時五十分、犯人がプロパンガスのホースをカッターナイフで切ったのは、その一時間ほど前と思われます。先ほど、状況次第では升元結花本人に事情を聞くと言いましたが、今日のところは止《や》めておきましょう」

　だから言ったじゃありませんか、と江口先生が顔をしかめた。

「本校の生徒が人を殺すなんて考えられないと……同僚とそのご家族が殺されたわけですから、犯人を逮捕しなければならないと考えるのは理解できます。升元くんに話を聞きたいと強く言われて、やむなく了解しましたが、もう十分でしょう。まだ疑っているんですか？」

いえ、と神崎警部補が手を振った。

「彼の話に不自然な点はありません。アリバイ成立です。屋敷の死と何か関係があるのではないかと思い、先走ったことをしました。申し訳ありません」

迷惑電話を高木先生の家にかけ続けていたのが結花だと考えた神崎警部補は、屋敷刑事の事件との関連性を疑った。だけど、ぼくが結花を見たと言ったことで、疑いは晴れたようだ。

見てはいないけど、結花が屋敷刑事を殺すはずがないから、嘘を言ったわけじゃない。結花を守れたから、それで良かった。

何かあればまた話を聞かせてもらうかもしれない、と最後に神崎警部補が言った。

「協力してくれるね？」

うなずくしかなかった。戻りましょう、と菅野先生がぼくの肩を軽く押した。

2

ひと月が経った。警察は何も言ってこなかった。屋敷刑事の事件と結花が無関係だとわかったんだろう。

ゴールデンウィーク明け、結花を升元家の養女にするという申請が通った。それまで戸籍上は雨宮結花だったけど、六月二十一日から正式に升元結花になる。

いろいろありがとうございます、と結花が母と俊幸さんに頭を下げていたけど、本心はわからなかった。ずっと雨宮の姓で暮らしていたから、いきなり名字が変わるのは嫌だったかもしれない。

でも、現実を考えればそうするしかないと考えたようだ。曖昧な言い方になるのは、ひと月以上結花とまともに話していなかったからだ。

いきなり、と言うしかないぐらい突然会話がなくなった。結花がぼくを避ける理由がわからなくて、頭がおかしくなりそうだった。

五月三十一日の夜、養女になるお祝いに、母が作ったすき焼きを五人で食べていると、間に合って良かったと俊幸さんが言った。

「月曜から地方の支店を回ることになっている。それまでに申請が認められるといいって思ってたんだ」

出張の話を聞いたのは、半月ほど前だった。六月はボーナス月だから、どの銀行も他の月と比べて桁違いの入出金がある。行員たちのチェックが甘くなって、不正が起きやすいらしい。

そのため、俊幸さんが全国の主な支店を回って、監視役を務めることになった。北海道から沖縄までだから、一週間や半月では終わらない。浦和に戻るのは六月末になる、と俊幸さんは言っていた。

寂しいわ、と甘えた声で言った母がすき焼き用の肉を鍋に入れた。

「どうして役員がそんな仕事をしなきゃならないの？　下の人たちに任せておけばいいじゃない」

細かいことは部下がやるさ、と俊幸さんが笑った。

「話しただろ？　どこの支店の行員だって、役員が行けば真面目に仕事をするもんだ。横領事件があったから、上も神経を尖らせてる。座って周りを睨んでいればいいんだから、楽な仕事だよ。ひと月なんてあっと言う間さ。すぐ帰ってくるよ」

仕方ないわね、と母がため息をついた。頭取の命令だからね、と俊幸さんが小鉢に新しい生卵を割り入れた。

「あんな不祥事がまた起きたら、頭取をはじめ全役員が辞表を出すしかない。厳しいことも言いたくなるだろう。全支店を回るわけじゃないし、心配してくれるのはありがたいけど、そこまで大変な仕事ってわけでもないんだ」

俊幸さんが母の二の腕に触れた。薄笑いを浮かべた孝司が、グラスに注いだビールを勢い良く飲んだ。

結花ちゃん、と俊幸さんが顔を向けた。

「高校を卒業したら、大学に進むか、就職するのか、まだ決めてないかもしれないが、義理とはいえ、親がいた方がいろいろと――」

専門学校へ行きます、と結花が唐突に言った。

「リカは看護婦になるって決めてます。お医者様の下《もと》で患者さんのために尽くすって、ずっと思っていました」

それもいいわねと言った母に、おばさんは何もわかってない、と結花が首を振った。

「これからは女性も働いた方がいいに決まってる。何年か働いたら、結婚して家庭に入るの。それがリカの幸せ」

声が大きくなっていた。今までと何かが違っている。

「まだ早いんじゃないか？」

ぼくは結花の顔に目をやった。高校二年生で真剣に結婚を考えてる者は、それほど多くないはずだ。お嫁さんになりたいと願うのは小学生だけだろう。

前は目が合えば微笑んでいたけど、結花は何も言わなかった。馬鹿にするような視線に、ぼくは目を逸らすしかなかった。

何歳で結婚するつもりなの、とからかうように言った母に、二十八歳と結花が答えた。

どうして二十八歳なんだ、と孝司が唇についていたビールの泡を手の甲で拭った。

「二十七歳だって二十九歳だって、三十歳を超えてたっていいじゃないか。二十八歳にこだわりでもあるのか？」

三十歳の花嫁なんて、と結花がおかしそうに笑った。

「そんなの売れ残りみたいで恥ずかしい。二十九歳だと、焦って無理やり結婚したみたいに思われるし、二十七歳じゃ若過ぎる。リカは看護婦として一生懸命働く。そうでないと、旦那様に馬鹿にされるでしょ？　愛し合い、尊敬し合う夫婦になるの。それがリカの理想」

夢や理想があるのはいいことだ、と俊幸さんが深くうなずいた。

「でも、まだ高校二年生だから、考えが変わることだってあるだろう。看護婦は素晴らしい職業だけど、他にやりたいことができるかもしれない。焦らずに、ゆっくり考えてもいいんじゃないかな」

決めてるんです、と結花が箸を置いた。ぴしり、と鋭い音がした。

「リカは看護婦になるの。そして二十八歳で素敵な旦那様と幸せな結婚をする。愛し合っていればそれでいいそれ以上何もいらない。子供はふたりがいいないぬもかいたいあといえがほしいちいさくてもいいからにわがあってそこにぶらんこをつくってこどもとあそぶのリカはだんなさまのかえりをまいにちまっておうちでりょうりをつくるおいしいりょうりりょう

りりょうりおいしい――」

止《や》めてよ、と母が結花の手を摑んだ。

「何なの、あたしへの当てつけ？　料理が下手だって言いたいの？　得意じゃないのは、自分でもわかってる。でもね、誰だって向き不向きはあるでしょ？　苦手なことをしたって、身につくわけない。そんなこともわからないの？」

テーブルの缶ビールを摑んだ孝司が、無言でリビングから出ていった。二人とも止《や》めろよ、と俊幸さんが苦笑を浮かべた。

「奈緒美、結花ちゃんは自分の夢の話をしてるんだ。女の子が結婚に憧れるのは、誰だってそうだろ？　嫌みで言ったわけじゃない。そんなに怒ることはないだろう」

だって、あんまり変なこと言うから、と母が膨れ面のまま座り直した。

「結花ぐらいの年齢なら、結婚に夢を持つ方が普通なのはわかってる。でも、子供じゃないんだから、結婚すれば幸せになれるとか、そんな簡単な話じゃないことは知っておくべきよ。甘い夢を見せたって、この子のためにならない。違う？」

あたしはリカ、と結花が大声で言った。

「結花は妹。あたしはリカ」

何か焦げてるんじゃないか、とぼくは言った。すき焼きが煮詰まったのか、変な臭いがしている。焦げた臭いというより、腐敗臭に近い。

これかしら、と母が沢庵を盛った皿に鼻を近づけた。

「たぶん、そうね……捨ててくる。すごい臭い。食欲なくなっちゃった」

夕食はほとんど済んでいた。ごちそうさま、とぼくは食べかけていた肉を小鉢に戻した。悪臭のせいで、気分が悪くなっていた。

そのまま自分の食器を重ねて、台所に運んだ。ひどい臭い、と後から入ってきた母が皿ごと沢庵をポリ袋に突っ込んで、固く口を縛った。

3

神崎警部補に事情を聞かれたのをきっかけに、担任の菅野先生とよく話すようになった。

童顔で、女子大生というか、女子高生でも通りそうだけど、七歳上だからしっかりしているし、事情聴取を受けた時もその場にいたので、隠すことは何もなかった。聞き上手なので、話しやすいということもあった。

あれから、ぼくは事件についてずっと考えていた。高木先生とハマキョーの死は他殺の可能性がある、と屋敷刑事は話していた。

そして、屋敷刑事とその家族は殺された。犯人は誰なのか。

ハマキョーじゃないのは確かだ。死人は誰も殺せない。

それどころか、もし高木先生とハマキョーが他殺だったとすれば、同一犯ということもあり得る。

真っ黒な霧が頭にかかっていた。それがゆっくりと広がっていき、形を変え、人の顔になった。結花だ。

そんなはずない、とぼくは首を振った。あの夜、結花は家にいた。それは間違いない。

だいたい、結花は屋敷刑事のことを知らない。屋敷刑事の家へ行き、プロパンガスのホースに切り込みを入れるなんて、できるはずがない。

だけど、高木先生の様子や、屋敷刑事が調べていた事実を考え合わせると、毎日しつこく電話をかけ続けていたのは結花だったかもしれない、と思うようになっていた。うまく説明できないけど、そんな疑いが日ごとに強くなった。

ぼくは結花が好きだ。結花も同じ想いがあるはずだ。

ぼくたちは心が通じ合ってる。今はちょっとうまくいってないけど、時間が経てば元に戻る。

疑うなんて間違ってる。でも、黒い染みが頭にへばりついて、離れなかった。相談できるのは菅野先生しかいない。

放課後、教室で結花のことを話すと、あり得ないわよ、と呆れたように菅野先生が言った。

「結花ちゃんがそんなことするわけないじゃない。男の子って、おかしなことを考えるのね。毎晩家を抜け出していたら、あなただってご両親だって変だと思ったはず。そうでしょ？」

はい、とぼくはうなずいた。一日二日ならともかく、毎晩なら家族の誰かが気づいただろう。

升元くんの考え過ぎよ、と菅野先生に言われると、頭の霧が晴れていった。安心したこともあって、高木先生とハマキョーの死体が見つかった次の日の朝、三笠と体育倉庫に行ったことを話した。

三笠の母親は高木先生の奥さんの高校の先輩で、親しくしていた。同じバレー部の部員が浦和市に住んでいるので、集まってお茶を飲んだり、そんなこともあったそうだ。

奥さんは不審な電話のことや高木先生の様子がおかしかったことを、三笠の母親に相談していた。ぼくより直接話を聞いていた三笠の方が事情に詳しいと言うと、三人で話すことになった。菅野先生も興味があったんだろう。

最初は放課後に二年A組の教室に集まったけど、いつ誰が入ってくるかわからないので、次からは校舎の屋上で話すことにした。

屋上の四方を囲っている高さ三メートルほどの金網に寄りかかった三笠が、オフクロに聞いたんですけど、と口を開いた。

「電話の回数は凄かったらしいです。夜中や早朝、何時でもかかってきたみたいで、最後の方は電話恐怖症っていうか、電話機に毛布を被せて、鳴っても出なかったって言ってました」

単なる悪戯じゃないのは確かね、と菅野先生がうなずいた。

「そこまでしつこいと、恨みがあったとしか思えない。浦和駅近くの公衆電話からかけてたんでしょ？　升元くん、タクシーの運転手が見てたって言ってたけど、本当なの？」

背が高くて痩せてる髪の長い女の子だったそうです、とぼくは言った。結花と似てるなと笑った三笠に、あり得ないと菅野先生が首を振った。

「転校してきたのは、去年の九月でしょ？　高木先生が亡くなったのは、その約四カ月後よ。たった四カ月で、しつこく悪戯電話をかけるほど強い恨みを持つなんて考えられない」

結花と高木先生が二人だけで話しているのを見たことはなかった。接点さえない相手を恨んだり、憎むなんて、あるはずもない。

ただ、ひとつだけ気になってることがあった。友達を作ろうとしない結花を心配した高木先生が、何とかしてやれとぼくに言ったのを覚えている。面倒なので断ったら、自分で話すと言っていた。

もしかしたら、ぼくが知らないところで高木先生と会っていたのかもしれない。その時、何かがあったとすれば、結花が電話をかけていた可能性がないとは言えない。

ぼくがその話をすると、あたしは経験ないけど、と菅野先生が小さく笑った。

「二人で話しているうちに、結花ちゃんが高木先生を好きになったってこと？　そう言えば、グラウンドを走っている体育の先生を見て、それだけで好きになった高校の同級生がいたな……でも、それは疑似恋愛で、本当の恋とは違う。一度話したぐらいで恋に落ちるなんて、飛躍し過ぎよ。少なくとも、悪戯電話をかける理由にはならない」

そうだよ、と三笠がぼくの肩を小突いた。

「考えてみろ、結花はそんなタイプじゃないだろ？　高木先生だぜ？　四十歳のオジサンに恋なんてするか？」

そうかもしれない。でも、ぼくの心は揺れていた。結花を信じているけど、信じ切れなかった。

おとなしくて物静かな美少女。結花を初めて見た時、そう思った。その印象は今も変わっていない。

ただ、少しずつイメージに綻《ほころ》びが生じていた。ぼくが思っていたのとは違う一面が結花にはある。

どう言えばいいのかわからないけど、ただおとなしいだけじゃなくて、何かを内に秘めている。

その何かを知りたかった。だけど、知らない方がいいとも思っていた。嫌なものを見ることになるとわかっていた。

それでも、ぼくは結花を好きだった。あんなにうまくいってたのに、どうして変わってしまったのか、もう一度やり直せるんじゃないか、いくつもの想いが重なり、どうすることもできなくなっていた。

現実は残酷だ。うまくいくはずだった何かを失えば、残るのは絶望しかない。ぼくの心に広がっているのは、果てしない砂漠だった。

その後も、時々三人で屋上に集まったけど、いつからか三笠と菅野先生の話を聞くだけになっていた。本当のことなんてわかるはずがない。考えていたのはそれだけだった。

4

六月最初の月曜、俊幸さんが北海道へ出張に行った。最初は札幌の支店で、その後道内の大きな支店を回ってから、東北の各県へ行くそうだ。

ぼくは学校があったから行けなかったけど、母と孝司が羽田空港まで見送った。夜に部屋で俊幸さんに電話してからリビングに戻ると、孝司がソファで結花と話していた。

うちに来てから、ぼくを除けば結花が話すのは俊幸さんだけで、孝司のことは嫌っていたのに、どうしてだろう。

二人が話していたのはテレビドラマや芸能人のゴシップとか、どうでもいいことだった。話が終わると、それぞれの部屋に戻っていった。

だけど、一週間ほどが経つと、真夜中にリビングから低い話し声が聞こえるようになった。結花と孝司が声を潜めて笑っているのもわかった。

混乱して、何も考えられなくなった。いつから二人は親しくなったのか。最近なのか、もっと前からだろうか。

ぼくとは家で話そうとしなくなっていた。ぼくを無視するようになったのは、孝司を好きになったからなのか。

孝司と一緒にいる結花は楽しそうだった。少し湿った感じの声で、高校生というよりもっと年上の女性みたいだ。

話しているのはほとんど孝司で、結花は相槌を打って笑っている。これまでと全然違った。

何を話しているのか気になって、リビングの扉のガラス越しに盗み見ると、二人がソファに並んで座り、肩を寄せ合っていた。

ぼくや母がいる時は、お互いに態度もそっけない。それは前と変わらなかった。

でも、母が自分の部屋に戻ると、示し合わせたようにリビングに出てきてソファに座り、体をくっつけてお喋りを始める。結花の手はいつも孝司の太ももの上に置かれていた。

母がいる時はしないけど、ぼくに見せつけるように孝司が結花の髪を撫でたり、もっときわどいことをすることもあった。

ぼくはずっと結花のことを見ていた。家に来たあの日からだ。

結花が話すのはぼくだけで、孝司のことは嫌いだと言っていた。嘘だったとは思えない。目も合わさなかったぐらいだ。

でも、今は違う。何があったのか。

(結花はぼくのことを好きだった)

ぼくは孝司に嫉妬していた。結花に対しては、裏切られたという想いがあった。

どうして孝司なのか。四年になっても二度も留年して就職せず、毎日ぶらぶら遊んでいるだけだ。そんな男のどこがいいのだろう。

もっとわからないのは、いつ、二人が親しくなったかだ。結花は毎日高校へ通い、家に帰れば食事の時以外、ずっと部屋で過ごしている。

孝司が起き出すのはぼくたちが家を出た後で、友達の家へ行ったり、夜はいないことも多かった。

二人が話す時間はなかったはずだ。それなのに、どうして恋人同士のようになったのか。声をかけたのは孝司だろう。いつもの調子で適当に何か言ったら、たまたま話が合ったとか、そういうことかもしれない。

バンドをやっている孝司には、何人かファンの女の子がいた。その子たちに手を出したり、家を泊まり歩いたり、妊娠させて逃げたり、酷いこともしていた。

その頃と比べると、少しまともになったのは本当だ。でも、女慣れしているから、結花みたいな純真な子をその気にさせるのは簡単だっただろう。

女好きでだらしない性格だから、血の繋がっていない戸籍上の妹に手を出しても、罪悪感なんてあるはずもない。落ちてるものを拾って何が悪い、と言い出しかねなかった。

孝司のルックスは悪くない。ミーハーな女の子なら、声をかければ喜んでついてくるかもしれなかった。

でも、結花はそんな子じゃない。孝司みたいな頭の悪い男は嫌いなはずだ。

話せばすぐにわかるけど、孝司には会話のセンスがない。見たことや思いついたことをそのまま口にするだけだ。

一緒に暮らし始めた頃、家族四人で新宿へ行った時、西武新宿線の駅ビル〝PePe〟を見て、「あ、ぺぺだ。ペッペッ」と唾を吐く真似をしたことがあった。

笑っていたのは母だけで、ぼくと俊幸さんは顔を見合わせるだけだった。小学生レベルの駄洒落だし、それが面白いと思っているのなら、どうしようもない。

頭のいい人が好き、と前に結花は話していた。父親が医者だったからかもしれない。どちらにしても、孝司を相手にするはずがない。

だけど、孝司といる結花は楽しそうだった。ボディタッチどころか、ずっと孝司に触れている。

そういう時、結花の目は湿って、濁り始める。もともと黒目が大きいけど、瞳全体が真っ黒になる。

夜、結花が孝司の部屋にいたのがわかったのは、六月二週目の日曜だった。

5

その日、夕食を済ませてから部屋でラジオを聴いていると、いつの間にかうたた寝していた。目が覚めたのは夜中の十二時過ぎだった。

次の日は月曜で、学校がある。一限目の英語の授業で提出する課題に、何も手をつけていないのを思い出した。風呂にも入っていない。

頭をすっきりさせるために顔を洗おうと部屋のドアを開けると、自分の部屋から出てきた孝司とぶつかりそうになった。すぐ後ろに結花が立っていた。

唇の端だけを上げて、馬鹿にしたような笑いを浮かべた孝司が背中を押すと、媚びたように笑った結花が自分の部屋の方に戻っていった。

男と女が二人きりで部屋にいたら、何をしていたのか、高校生なら誰だってわかる。

二人の関係がどんどん進んでいるのは気づいていた。べったり体をくっつけて、いつもお互いの体に触れている。時には結花が湿った声を上げることもあった。

母がいる時はともかく、ぼくの前だとエスカレートしていく一方だった。何も見たくないし、聞きたくない。その場から離れるしかなかった。

結花は孝司に夢中で、ぼくのことは見えていない。もう前のように二人で話したり、笑い合うことはないんだろう。

諦めようと思ったし、忘れようとしたけど、本当はもう止《や》めてくれと叫びたかった。

ぼくの前でそんなことはするな。結花を穢すな。

でも、そんなことを言ったら、僻《ひが》んでるのか、と孝司が笑うだけだ。ろくに女と付き合ったこともないくせに、と蔑んだ目で見るのもわかっていた。

ぼくは孝司の部屋のドアを見つめた。今まで、結花がそこに入ったことはなかった。

部屋はプライベートな空間で、そんな場所に二人きりでいれば、男と女がすることはひとつしかない。さすがにまずい、という意識があったはずだ。

だけど、二人とも我慢できなくなったのだろう。結花の媚びた笑みが頭を過った。孝司ではなく、結花が誘ったのかもしれない。

母に話そうと思った。あの二人はまともじゃない。獣以下だ。

でも、結花が孝司の部屋にいるのを見たわけではなかった。部屋の前で話していただけだと言われたら、それ以上何も言えない。

何もかも嫌になって、顔を洗ってからリビングに入ると、ロングサイズのTシャツを着た母が赤ワインを飲んでいた。太ももが剝き出しになっている。

パジャマぐらい着た方がいいんじゃないのと言うと、勝手でしょと母がワイングラスに口をつけた。

不機嫌そうなのは、俊幸さんがいないからだろう。ぼくは冷蔵庫から麦茶を取り出して、コップに注いだ。

最近、結花と孝司がよく話してるねと言うと、それがどうしたのよ、と母が絡むような口調になった。

別に、とぼくは麦茶を飲んだ。妬《や》いてるのね、母が皮肉な笑みを浮かべた。

「義理でも何でも、妹なんだから話ぐらいするわよ。しない方がおかしいでしょ？　あんたは孝司に嫉妬してるの。大人のつもりかもしれないけど、孝司に結花を取られて怒るなんて、高校二年生はまだ子供よね」

嫉妬なんかしてないと言ったぼくに、顔が真っ赤よ、と母が手を叩いて笑った。

「諦めて他の女の子を探しなさい。結花はきれいな子だし、大人びているから、晃には無理よ。それに、高校を出たらあの子は出ていく。結局は他人なんだから」

声が大きい、とぼくは首を振った。結花が聞いていたら、嫌な気持ちになるだろう。

「結花のことなんか、何とも思ってない。それより、孝司に注意した方がいいんじゃないか？　あいつは結花のことをそういう目で見てる。同じ家に住んでるんだ。何かあったらどうするの？」

何もないわよ、と母がため息をついた。

「馬鹿馬鹿しい。孝司が七歳も下の女子高生に手を出すなんて、笑い話にもならない。いいかげんに見えるけど、優しいところもあるのよ。いつも一人でいる結花を放っておけなくて、話しているだけじゃない。あんたの方こそ、もうちょっと考えたら？　前にも言ったけど、あいつって呼ぶのは止《や》めなさい。兄さんとか、他に呼び方があるでしょ？」

　グラスに半分ほど残っていたワインを飲み干した母が立ち上がった。あいつは兄さんなんかじゃない、とぼくはコップをテーブルに置いた。大きな音がした。

「母さんが孝司に甘いのはしょうがないさ。義理の息子だから、気を使うのもわからなくはない。だけど、甘やかし過ぎだ。就職浪人とか言って、遊んでるだけじゃないか。そんな奴を兄さんなんて呼べない」

　あんたは孝司のことが最初から嫌いだった、と母が言った。ぞっとするほど冷たい声だった。

「あたしを取られると思ったの？　少しは大人になってよ。年下なんだから、弟らしくするのは当たり前でしょ？」

　あんなだらしない奴が兄貴だなんて友達にも言えない、とぼくは肩をすくめた。

「ぶらぶらしてるだけで働きもしないって、近所で噂になってるのは母さんも知ってるだろ？　このままじゃ、いつまでもこの家にいて、俊幸さんの臑を齧り続ける。みっともないと思わないの？」

　奈緒美ちゃんでしょ、と母がフローリングの床を素足で蹴った。

「母さんなんて止《や》めて。あたしはオバさんじゃない。あんたが孝司のことを嫌いなのはしょうがない。悪口でも何でも言ってなさい。でもね、孝司は見た目よりしっかりしてる。バンドを組んでるのも、レコード会社に入るためよ。それもわからないの？」

「本気でレコード会社に就職できると思ってるの？」大学生なら誰でもレコード会社に入りたいさ、とぼくは言った。「でも、採用人数は少ない。東大、早稲田、慶應ならともかく、孝司の大学じゃ書類選考だって通らないよ」

よろけた母の膝がテーブルに当たり、ワイングラスが床に落ちた。ガラスの破片が辺りに飛び散った。

「レコード会社のディレクターに、学歴や成績なんて関係ない。大事なのはセンスよ。あんたにはわからないわね。満春もそうだった。音楽とか映画とか、そういうセンスがなかった。あんたはあの人にそっくりよ」

吐き捨てるように言った母がリビングを出ていった。床に落ちたガラスのかけらを拾い集めながら、ぼくはため息をついた。

母はすぐ感情的になる性格だ。ぼくが思っていたより、酔っていたのかもしれない。

孝司に気を使っているのはわかっていた。何でも孝司を優先していたぐらいで、それが円満に暮らしていくためにベストな方法だと考えていたんだろう。

（痛）

右の薬指の先にガラスの破片が刺さって、血の滴が床に垂れた。不燃物のゴミ箱に集めたガラスを捨ててから、ティッシュで指先を押さえていると、視線を感じて顔を上げた。

リビングの扉のガラス越しに、小さな影が見えた。結花だ。

不意に影が消えた。指先を見ると、ティッシュが赤く染まっていた。

6

相談があるから明日の昼にそっちへ行く、と三笠から電話があったのは翌週の火曜の夜だった。

深刻な声だったから、何があったんだろうと思っていたら、昼休みにA組の教室へ入ってきた三笠が一番奥の席に座って、菅野先生のことをどう思うといきなり言った。

「どうって……いい先生だと思うよ。優しいし、明るいし、美人とは言わないけど、可愛いっていうか――」

美人だよ、と三笠が口を尖らせた。

「前から思ってたけど、お前は女のことを何もわかってない。デリカシーに欠けてる。だからモテないんだ」

三笠にだけは言われたくなかった。女子と話すと顔が真っ赤になって声が裏返るのは、中学の時からそうだった。

聞いてくれ、と三笠が顔を近づけた。いつになく真剣な表情だった。

「先生のことが好きなんだ」ほとんど聞き取れないほど小さな声で三笠が言った。「先生と生徒とか、年上だとか、そんな当たり前のことは言うな。俺だって、それぐらいわかってる。告白したって断られるさ。でも……なあ、どうすりゃいいんだ?」

すがるような目をしている三笠は捨てられた子犬のようだった。思わず吹き出すと、お前に相談するんじゃなかった、と三笠が横を向いた。

「だけど、きっかけはお前だから、筋を通さなきゃいけないと思ってさ」

「きっかけ?」

三人で話しただろ、と三笠が拳でぼくの肩を突いた。

「高木先生やハマキョー、それに屋敷って刑事のことだ。集まってもお前はずっと黙ってるだけだから、先生と二人で話すようになった」

「そうなのか?」

先生のことが頭から離れないんだ、と三笠が寂しげな笑みを浮かべた。野球部で坊主にしている三笠がそんなふうに笑うと、ちょっと不気味だった。

「俺の話をちゃんと聞いてくれるし、他の先生とは違う。大人だし、その辺の女子なんか話にならない。決定的だったのは、この前の日曜だ」

「日曜？　何かあったのか？」

浦和駅の近くで偶然会って、ファストフード店でコーヒーを飲んだ、と得意そうに三笠が言った。

「マジでばったり会ったんだ。運命だと思わないか？」

思わない、とぼくは首を振った。菅野先生は浦和市内に住んでいる。休日に買い物に行くこともあるだろう。

駅前の商店街は狭いから、うろうろしていれば出くわしてもおかしくない。クラスメイトとすれちがったり、そんなことはよくあった。

お前にはわからないんだよ、と憐れむような目で三笠がぼくを見た。

「立場や年齢は恋愛に関係ない……誰にも言うなよ？　校長や他の先生が知ったら、彼女が怒られる」

彼女って何だと言ったけど、三笠は真剣だった。約束するよ、と仕方なくぼくはうなずいた。

「誰にも言わない。だけど、お前は女の子と付き合ったことがないだろ？　菅野先生と共通の話題なんかあるのか？」

高木先生のことだよ、と三笠が言った。

「女子と話すのが苦手なのは認める。だけど、菅野先生だと何でも話せるんだ。晃、恋っていうのは――」

いいかげんにしろ、とぼくは三笠の肩を強く叩いた。

「高木先生？　どんな話をしたんだ？」

オフクロは世話好きだからさ、と三笠が話し出した。

「高木先生の奥さんの相談に乗ってたんだ。子供もいるし、奥さんが働くしかない。でも、この辺りじゃ厳しいのはわかるだろ？　結局、オフクロの紹介で西浦和の給食センターで働くことになった」

いいオフクロさんだなと言ったぼくに、奥さんは電話をかけていた女を何度か見ていたらしい、と三笠が声を潜めた。

「去年の秋、十月の終わりぐらいだ。朝のゴミ出しとか、夕方の買い物とか、外に出た時に、視線を感じて振り向くと、女が立っていたらしい。一度や二度なら偶然かもしれないけど、何度も続けば誰だって変だと思うさ」

「そうだろうな」

電話をかけていた女っていうのは奥さんの勘だ、と三笠が話を続けた。

「すぐ消えちまうから、顔はわからなかったそうだ。地味な黒っぽい服を着て、学生なのかOLなのか、中学生かもしれないと言ってたな。かなり痩せてたらしい」

「身長は？」

これぐらいだとさ、と三笠が自分の首元に手を当てた。

「一六〇センチはあったんじゃないか？　中学生にしてはちょっと高いな。高校生か大学生かもな」

夜中に浦和駅近くの電話ボックスにいた女のことが頭に浮かんだ。その頃は毎日電話がかかっていたわけじゃなかった、と三笠が顎のニキビを掻いた。

「だから、その女だとは言い切れない。奥さんは警察にもその話をしたけど、それだけだと何もできないと言われたってさ。警察なんて、当てにならないよな」

「菅野先生は何か言ってたか？」

特には、と三笠が肩をすくめた。高木先生の奥さんが見た女のことを考えていると、結花の姿が頭に浮かんだ。

結花のはずがない、と首を振った。転校して浦和に来てから、まだ二カ月しか経っていない頃に、高木先生の家へ行く理由なんてない。

それに、結花は毎日学校に通っていた。登校前に高木先生の家へ行っていたなんて、考えられない。

もうひとつ話があるんだ、と三笠がぼくの顔を覗き込んだ。

「菅野先生が教えてくれたんだけど、高木先生とハマキョーは心中じゃない。警察の人に聞いたそうだ」

「警察？」

詳しいことはわからない、と三笠が言った。

「ただ、高木先生の方が先に死んだのが、解剖で確認されたらしい。ハマキョーが高木先生を殺してから自殺したなんて、あり得ないだろ？　ハマキョーの力じゃ無理だよ。つまり、心中を装った殺人ってことだ」

偽装殺人の疑いがあるのは、ぼくも知っていた。解剖の結果はとっくに出ていたし、警察がその方向で捜査を進めていると屋敷刑事も言っていた。

殺人だとすれば犯人がいる、とぼくは言った。

「奥さんが見た女と不審な電話をかけていた女は同一人物で、そいつが犯人なのかもしれない。だけど、痩せた女だろ？　殺せたとしても、首吊り自殺に見せかけるのは難しいんじゃないか？」

そこは俺たちが考えることじゃない、と三笠が鼻を鳴らした。

「それより、菅野先生のことなんだけど――」

昼休みが終わるまで、三笠の話が延々と続いた。でも、何も耳に入らなかった。考えていたのは結花のことだった。

7

サッカーを始めたのは中一の時で、高校でもサッカー部に入った。巧いとは言えない。二年に上がっても、レギュラーにはなれなかった。

でも、それはどうでもよかった。サッカーが好きなだけで、先輩や藤原のようにテクニックに長けた選手のプレーを見ていれば十分だった。

昼練は週二日、放課後の練習は週三回で、他の高校と比べて少ないけど、それは浦高のグラウンドが狭いためで、野球部や陸上部と日を分けて使うことになっていたからだ。

部員が自主的に集まって、陸トレや筋トレ、グラウンドの隅でパス回しやドリブルの練習をすることもあった。そこは三年の柴田《しばた》キャプテンの気分次第で、前日に連絡が入るから、時間になれば集まるだけだ。

六月二十日の放課後、自主練をやると前日に連絡があり、そのつもりでいたら、三年生全員が補習授業を受けるので中止になった、とA組の教室に来た藤原が言った。

練習がなくなったので、午後の授業が終わると、そのまま家に帰ることにした。いつもなら友達と遊んだり、誰かの家に行ったりするけど、急な話だったから、そういうわけにもいかない。

鍵を開けて家に入り、ただいまと言った。でも、返事はなかった。

結花はぼくより先に学校を出ていたから、帰っているはずだ。自分の部屋にいるので、ぼくの声が聞こえないんだろう。

母と孝司は買い物に行ってる時間だ。それもいつものことだった。

自分の部屋に通学カバンを放り込んでから、台所で水を飲んだ。シャワーの音に気づいたのはその時だった。

孝司の声が聞こえる。何を言っているのかはわからない。それに交じって、細い声がした。

はあはあ、という荒い息遣い。泣いているような、笑っているような声。

孝司と結花だ。二人がシャワーを浴びている。そして――。

ぼくは乱暴にコップをシンクに叩きつけた。ここは家だ。淫らなことをする場所じゃない。

孝司は結花を風呂場に連れ込んで、いやらしいことをしている。声は切れ切れで、何を言ってるのかわからないけど、結花もそれを望んでいるのがわかった。今日だけじゃなく、いつもこんなことをしていたんだろう。

まだ夕方の四時で、外は明るい。まるで獣だ。どうかしている。

その時のぼくの気持ちは、誰にもわからないだろう。信じていた者に裏切られた。

それどころか、どうしようもない男と淫らな行為に耽《ふけ》っている。怒りではなく、絶望感だけがあった。

わざと音を立てて歩き、昼寝でもするか、と大声で言いながら部屋へ戻った。すぐにシャワーの音が止まった。

椅子を思いきり蹴り上げた。ここはあいつらだけの家じゃない。ぼくや母、俊幸さんも暮らしている。

少しは考えろよ、と机の上に置いていたネックレスの箱を壁に投げつけた。一月、結花にプレゼントしようと思って買ったけれど、機会がなくて、そのままになっていた。急拵えの壁に小さな穴が開いたけど、どうでもよかった。

どんな家にもルールがある。お互いのプライバシーに気を使うのは常識だ。

それなのに、あの二人は欲望の赴くままいやらしいことをしている。どうかしてるとしか思えない。

情けなかった。ぼくはずっと結花をかばってきた。結花を守るために嘘もついた。それなのに、待っていたのは惨い裏切りだった。何もかもが腹立たしかった。

しばらくすると、孝司の部屋のドアが開く音が聞こえた。ぼくが帰ったのがわかって、風呂場から出たんだろう。今頃、結花も自分の部屋で着替えているに違いない。

ぼくはヘッドホンをつけて、ラジカセのボリュームを最大にした。ハードロックが流れ出し、それ以外何も聞こえなくなった。

8

ご飯よ、と母が呼びに来たのは七時過ぎだったけど、いらない、とぼくは部屋のドアを開けなかった。孝司や結花と顔を合わせることなんてできない。

母は何も言わなかった。高校生が突然不機嫌になったり、塞ぎ込むのはよくある話だ。放っておくしかないと思ったんだろう。

でも、高校生は食べ盛りでもある。夕食が終わった時間を見計らい、台所で薬缶に水を入れて、ガス台にかけた。買い置きのカップラーメンを食べるつもりだった。

お湯を注いで三分経つ直前、電話が鳴り出した。最悪のタイミングだ。

受話器を取ると、担任の菅野ですという声がした。職員室にいるのか、他の先生たちの声も聞こえた。

「升元くん？　こんな時間にごめんね」

八時を少し回ったぐらいで、遅いとは言えない。大丈夫ですと言ったけど、どこか緊張している自分がいた。

地震や台風が起きたり、十人以上の生徒がインフルエンザにかかったとか、そんな時には緊急連絡網で電話が入ることになっていた。

でも、クラス全員の家に担任が直接電話をかけるわけじゃない。名前の五十音順で回す連絡網で、ぼくは升元だから後の方になる。何かあれば、ぼくの前の日比野《ひびの》から電話があるはずだ。

菅野先生から電話がかかってきたのは初めてだった。何があったのか。

「三十分ぐらい前、三笠くんのお母さんから学校に電話があったの」菅野先生の声が少し掠《かす》れていた。「息子が帰っていないけど、まだ学校でしょうかって……」

気が抜けて、ため息が漏れた。三笠の親は何を考えているんだろう。

「まだ八時ですよ？　騒ぐような時間じゃないと思うけどな。三笠は野球部だから、練習で遅くなってるのかもしれない。部活帰りにラーメンを食べたり、そんなの普通でしょ？　三笠のオフクロって、意外と過保護なんだな。小学生じゃないんだから——」

三笠くんのおばあさまが入院してるの、と菅野先生が低い声で言った。

「先週、急に容体が悪くなって、ほとんど意識がない状態が続いているそうよ。三笠くんがおばあちゃん子なのは知ってる？」

聞いたことがあります、とぼくはうなずいた。オフクロが働いてたから、育ててくれたのはバアちゃんなんだと話していたのを覚えていた。

「毎日、三笠くんは学校が終わるとお見舞いに行ってたの。でも、今日は病院に来ていないし、家にも帰ってない。何かあれば留守電を残すことになってたけど、それもなくて……」

「それだって、よくある話じゃないですか」

心配しなくてもって升元くんが思うのはわかる、と先生が言った。

「遊んでいて連絡を忘れることもありますって言ったんだけど、うちの子は違うってお母さんが……」

三笠は適当に見えるけど、根は真面目な男だ。連絡がないのはおかしいと思うのは、わからなくもなかった。

「升元くんの家かもしれないと思って、電話してみたんだけど……」

来てません、とぼくは受話器を持ち替えた。何となく、嫌な感じがしていた。

「先生、三笠と二人で話していたんですよね？　もしかしたら、それと関係があるのかもしれません。最近会ったのはいつです？」

しばらく黙っていた菅野先生が、昨日の昼休みに三笠くんと話したと小声で言った。

「お母さんが高木先生の奥さんと親しいでしょ？　何でも相談できる仲だけど、どうしても言えなかったことがあるって、一昨日三笠くんの家に来て全部話したそうよ。高木先生が亡くなる前、奥さんは浦和駅のホームから突き落とされていたの」

どういうことですかと言ったぼくに、年末で駅は混雑していた、と菅野先生が話を続けた。

「後ろから押されて、ホームに立ってた奥さんはそのまま線路の上に落ちたの。入ってきた電車の運転手がすぐに気づいて、急ブレーキをかけたから無事だったけど、ひとつ間違っていたら大変なことになってたかもしれない。たくさんの人がいたから、誰かがぶつかったんでしょうって駅員さんは言ったそうだけど、奥さんは女の手を見ていた。背中を強く押されたって……落ちたんじゃなくて、落とされたってこと」

「……誰がそんなことを？」

わからない、と菅野先生が深い息を吐いた。

「奥さんも押した女の顔までは見ていなかった。絶対とも言ってない。だけど、他にも駐車場に停めていた家の車のタイヤがパンクしてたり、頼んでもいない出前が大量に届いたり、周りでおかしなことがたびたび起きていた。高木先生が亡くなられてから、それはぴたりと収まったって……」

知りませんでした、とぼくは首を振った。高木先生は女子生徒とおかしな関係になるような人じゃなかった、と菅野先生が言った。少しだけ声が震えていた。

「浜田さんもおとなしい子だったでしょ？　心中のはずがない。それは最初から思ってた。他の先生方も同じことを言ってたの」

「わかります」

誰かが体育倉庫にいたと警察は考えてる、と菅野先生が言った。

「屋敷刑事が殺された事件との関係を調べてるって、神崎警部補が話していた。あの後も何度か学校に来て、先生方に事情を聞いてたの」

「そうなんですか？」

「それ以上詳しいことはわからない。でも、教頭先生の話では、いずれ生徒たちも事情聴取を受けることになるんじゃないかって……ごめんなさい、話が逸れちゃった。三笠くんがどこにいるか、心当たりはない？」

思いつくまま、浦和駅周辺の店の名前をいくつか挙げた。チェーンのハンバーガー店とか、ラーメン屋、喫茶店、そういう店で友達と一緒にいるのかもしれない。

「野球部の連中に聞いた方がいいと思います」仲本《なかもと》とか志村《しむら》とか、とぼくは数人の名前を挙げた。「三笠は部活に熱心だし、野球部員ならわかるんじゃないかって……先輩たちともうまくやってたし、聞けば何かわかるかもしれません」

三年生ね、と菅野先生がうなずく気配がした。

「二年生の野球部員には連絡したけど、三年生とはまだ話してない。ありがとう、升元くん。連絡してみる」

何かわかったら知らせてください、とぼくは言った。話しているうちに、三笠のことが心配になっていた。

「どこか抜けてる奴だから、おばあさんのことを忘れて遊んでるだけだと思いますけど、やっぱり気になるし……」

了解、と菅野先生が電話を切った。何人か二年の野球部員に電話をかけると、先週から祖母の体調が悪いという理由で部活を休んでいたこと、顧問の黒沢《くろさわ》先生も許可していたことがわかった。

おかしなところは何もない。だから余計に不安だった。

部屋に子機を置いて待っていたけど、菅野先生から電話はなかった。ベッドに入ったのは明け方だった。

9

寝不足のまま起き出して学校へ向かうと、校門の前に生活指導の玉城先生と数人の先生が立っていた。

浦高では月に一度、抜き打ちの私物検査がある。制服や頭髪チェックも兼ねていて、その辺りは割と厳しい。

マンガ雑誌とか、授業に関係ない物は没収されるし、ライターや煙草なんかを持っていたら即停学だ。服装が乱れていたり、パーマをかけているのがわかると、長い説教が待っている。

校門の前に列ができ、生徒たちの私物を玉城先生たちが調べている。軍隊かよ、と誰かが言ったけど、そのフレーズは聞き飽きていた。

ぼくがついた列の担当は玉城先生で、慣れていることもあり、私物や制服のチェックは早かった。その流れを止めたのは、ぼくの前にいた三年生の女子生徒だった。

髪の毛が茶色くて、染めているだろうと玉城先生が言ったけど、違うと本人は言い張っていた。難しいところで、もともと色素が薄くて茶色に見える者もいる。

だけど、玉城先生としては、本人の言葉を鵜呑みにするわけにもいかなかったのだろう。押し問答が長く続いたけど、その女子生徒は頑として譲らなかった。五分近く待たされて、ようやくぼくの番になった。

ぼくは制服をいじっていないし、サッカー部員は全員短髪だから、特に注意されることはなかった。

行っていい、と肩を押されて下駄箱のある正面玄関に向かうと、いきなり上から大きな音が聞こえて、何かが落ちてきた。凄まじい地響きと共に、地面から埃が舞い上がった。

悲鳴が上がり、その場にいた全員が逃げ出したけど、ぼくは動けなかった。金網から一メートルも離れていない。あと数歩校舎に近づいていたら、下敷きになっていただろう。

目の前の折れ曲がった金網に、男と女の腕が絡んでいる。二人ともうつ伏せのまま地面に叩きつけられていた。足に力が入らなくなり、ぼくはその場に座り込んだ。

顔は見えなかったけど、男が制服を着ているのがわかった。浦高の生徒だ。

女の人は紺色のブレザー、同じ色のスカート姿だった。脚があり得ない方向にねじ曲がり、全身から血が噴き出している。真っ赤な血が地面を濡らしていた。

走ってきた玉城先生がぼくに肩を貸して立ち上がらせた。

「大丈夫か？　怪我は？」

答えられないまま、ぼくは二つの死体を見つめた。まさか。信じられない。

菅野くん、と玉城先生の分厚い唇からつぶやきが漏れた。それは菅野先生だった。紺色のブレザーに見覚えがあった。

校舎から飛び出してきた先生たち、百人以上の生徒がぼくと玉城先生、そして二つの死体を取り囲んでいる。何が起きたのかわからないまま、女子生徒が喚き声を上げていた。男子生徒も呆然としているだけだ。

三笠、と誰かが叫んだ。体のあちこちから骨が突き出し、人間としての形を留めていなかったけど、それが三笠なのは最初からわかっていた気がする。

下がれ、と何人かの先生が指示したけど、誰も動かなかった。ショックが大き過ぎて、歩くことができないのだろう。あちこちで上がっていた悲鳴が、すすり泣きに変わっていた。

見上げると、屋上の金網が一枚分なくなっていた。高さ三メートル、幅は二メートルほどで、隣の金網とチェーンで繋がっているはずなのに、どうして一枚だけ外れたのか。

ぼくの腕を摑んだ玉城先生が、離れろと囁いた。ゆっくりと地面を流れていた血が、ぼくのスニーカーを染めていた。

玉城先生が首を傾げたのは、ぼくと同じことを考えていたからだろう。屋上は四方を金網で囲われている。

生徒が誤って落ちるかもしれないとＰＴＡの会合で毎回のように指摘されていたけど、上に鉄条網が巻いてあるので、乗り越えることはできない。

安全対策も万全で、学期ごとに業者がチェックしているのは、浦高の教職員、そして全校生徒が知っていた。

菅野先生と三笠がチェーンを切断したのか。そんなこと、あるはずがない。

三笠は菅野先生に想いを寄せていた。それはぼくも知っている。

屋上に呼び出して告白したけど、断られて無理心中を図ったのか。違う、そんなことで自殺するような奴じゃない。

太いチェーンを切断するためには、業務用のカッターがいる。準備していたはずがないし、三笠が告白するなんてあり得ない。

昨日の夜、三笠はどこにいたのか、という疑問が頭に浮かんだ。菅野先生からぼくの家に電話があったのは夜八時過ぎだ。

部活を休んでいた三笠は、授業が終わるとまっすぐ家に帰ったか、おばあさんのお見舞いに行ったはずだけど、ぼくが電話した誰もが、校門へ向かう姿しか見ていなかった。

昨日、家に帰らなかったのか。だとすれば、どこへ行ったのか。どうして誰も三笠を見ていないのか。

菅野先生が屋上にいた理由もわからない。三笠が呼び出したのだとすれば、告白のためじゃなくて、何か話があったんだろう。高木先生やハマキョー、屋敷刑事の死と関係することだったのかもしれない。

でも、それ以上何も考えられなかった。足がふらつき、倒れそうだった。

仲のいい友達と、信頼していた担任の先生が死んだ。ショックを受けないはずがない。

歩けるか、と玉城先生がぼくの体を支えた。辺りを見回すと、校長先生、教頭先生、そしてその他十人以上の先生たち、大勢の生徒がそこにいた。

誰もが言葉を失っている。奇妙なほど静かだった。

校舎の一階にある玄関に、三十人ほどの生徒が立っていた。その一番後ろに結花がいた。目を伏せている。表情からは何も読み取れなかった。

遠くでサイレンの音が聞こえた。パトカーだ。誰かが警察に通報したのだろう。

不意に目の前が暗くなった。貧血だ。その後のことは何も覚えていない。

5章　十字路

1

「晃、おい晃。寝てんのかよ、起きろって」

肩を揺すぶられて、ぼくは目を開けた。三笠が頬のニキビを掻いていた。

「何なんだよ、さっきまで話してたと思ったら、急に寝やがって。ふざけてんのか？」

ぼくは三笠の腕を摑んだ。

「どうなってる？　お前は……」

放せよ、と三笠が大きく口を開けて笑った。

「何だよ、アホみたいな顔して……そんなことはいい。菅野先生のことなん――」

三笠のこめかみから血がひと筋垂れ、ぼくの顔に落ちた。開けていた口がどんどん大きくなっていく。

歯茎が剝き出しになり、前歯が一本ずつ落ちていく。顔全体が洞穴になったようだ。声が聞こえた。真っ暗な洞穴が喋っている。

何かが弾けた音がして、洞穴から真っ赤な血が飛び散った。同時に三笠の服から腕と肩の骨が突き出し、そこから血が溢れ出した。

「オレすがノせんセイノことガすキなンだスきナんダすキなンだスきナんダすキなンだスきナんダすキなンだスきナん」

全身を朱に染めた三笠の声が途切れた。悲鳴を上げたぼくを誰かが抱き起こした。

「升元くん、大丈夫？　どうしたの、何があったの？」

目、鼻、口、顔中傷だらけの菅野先生が立っていた。声が歪んでいる。髪の毛がペンキをかぶったように赤く濡れていた。

「ますもとくんなんでもどうしたのせんせいにごらんなさいはなしてどうしたのごらんなさいせんせいにいいのよきいてあげるからなんでもいっていいどうしたの」

升元、という怒鳴り声と同時に、頰を張られた。真っ青な顔の玉城先生がぼくの制服のワイシャツを摑んでいた。

後ろに養護の坂口《さかぐち》先生が立っている。怯えた目でぼくを見つめていた。

「しっかりしろ、升元。ここは学校だ。保健室にいるんだぞ」

ぼくは泣いていた。悲しいとか、そういうことじゃない。心が、感情が壊れて、涙が止まらなくなっていた。

「玉城先生、やっぱり病院で診てもらった方が……」

顔を伏せたまま、坂口先生が言った。自分もそうするべきだと言ったんですが、と玉城先生が舌打ちした。

「少し待てと校長が……高木先生の件があったので、神経質になっているようです。マスコミ対策を考えたいと――」

死人が二人出ているんです、と坂口先生が顔を上げた。顔は真っ白だった。

「教師と生徒です。隠しようがありません。今は升元くんのことを考えるべきだと思います」

上半身を起こすと、正面の壁掛け時計が見えた。午前十時を回っていた。

「玉城先生……三笠と菅野先生は？」

詳しいことはわからん、と玉城先生が丸椅子に腰を下ろした。

「屋上からあの二人が落ちたのは、お前も見ただろう。気を失ったお前をここへ運び、目が覚めるのを待っていた。あれから二時間ほど経っている……大丈夫か？」

吐き気がして、ぼくは口を押さえた。目眩《めまい》のために、保健室全体が大きく揺れている。

「三笠たちは……どうしてあんな……」

ぼくの肩に触れた玉城先生が、しばらく横になってろと言った。

「二人は病院に搬送されたが、即死だった。今、警察が現場検証を行っている。先生も事情を聞かれたが、答えようがない。それは他の先生方も同じだ」

生徒は帰宅させた、と玉城先生がため息をついた。

「少し前、お前の家と連絡が取れた。もうすぐお母さんが来る。坂口先生が言ったように、病院へ行った方がいいだろう。校長には先生から話しておく」

坂口先生が渡してくれたティッシュで顔を拭った。何枚あっても足りないぐらい、ぼくの顔は涙で濡れていた。

「三笠が……ここにいたんです」ぼくはベッドの左側を指さした。「いつもと同じ顔で話しかけてきたけど、あいつは――」

悪い夢を見たのね、と坂口先生がぼくの額に手を当てた。

「ショックだったでしょう。突然二人が目の前に落ちてきたんだから……何の慰めにもならないけど、忘れるしかない。難しいのはわかってる。でも――」

ノックの音がして、すぐにドアが開いた。ピンク色のワンピースを着た母がベッドに駆け寄り、ぼくを強く抱きしめた。

「晃、怪我はない？　大丈夫なの？」

落ち着いてくださいと言った玉城先生を睨んだ母が、落ち着いてなんかいられませんと怒鳴った。

「どうなってるんです？　晃の担任の菅野先生と三笠くんが、屋上から飛び降りたと聞きました。付き合っていたってことですか？　三笠くんは二年生ですよ？　情けない、こんな学校だとは思ってませんでした。どうかしてるわ！」

お母さん、と玉城先生が額の汗を拭った。

「それは誤解です。二人が屋上から転落したのは事実ですが、これは事故です。本校の教師と生徒の間に、不適切な関係はありません」

高木先生だってそうだったじゃないと母が言ったけど、あの件はまだ捜査中です、と玉城先生が首を振った。

「菅野くんは生活指導部にいましたから、自分もよく知っています。生徒と交際するなんてあり得ません。彼女には婚約者もいたんです」

「それじゃ、どうして屋上から二人が落ちたんです？　ＰＴＡの会合で、金網で囲っているから安全だと教頭先生が話してましたけど、壊れていたってこと？　だとしたら学校の責任ですよね？」

「それは警察が調べています」今は息子さんのことを考えるべきでしょう、と玉城先生がぼくに目を向けた。「酷いショックを受けています。とりあえず保健室に運びましたが、目を覚ましたのは五分ほど前です。大きな病院で診てもらった方がいいと思います。怪我こそしていませんが、心に傷を負ったのは間違いありません。精神科とか――」

連れて帰ります、と母がぼくの手を強く引いて立たせた。

「医者なんか、何もわかりませんよ！　カウンセリングをしてどうなると？　晃のことは母親のわたしが一番よくわかっています。しっかりした子ですから、家で休んでいればすぐ治ります！」

母が開いたままのドアに向かった。ぼくは二人の先生に頭を下げ、その後に続いた。

2

正門の前で母がタクシーを拾い、まっすぐ家に帰った。その間、母は何も言わなかった。ぼくのことが心配なのか、唇を強く噛んでいた。

家に着くと、リビングから出てきた孝司がぼくを見て、大変だったらしいなと言った。少しだけからかうような調子が混ざっていたけど、いつもよりは真面目な声だった。

「リカに聞いたよ。屋上から人が降ってきたら、そりゃ驚くよな」

リビングに入ると、奥のソファに結花が座っていた。リカって何よ、と母が苦笑した。

「この子は結花でしょ」

本人がリカって呼んでって言うんだ、と孝司が口を尖らせた。

「別にいいだろ？　単なるニックネームだよ」

好きにしなさいと母が椅子に腰を下ろして、麦茶をちょうだいと言った。立ち上がった結花が台所へ行った。

「ああ、疲れた……浦高はそれなりにいい学校だって聞いてたけど、たいしたことないわね。女教師と生徒が付き合ってたなんて、恥ずかしいったらない。どうかしてるわよ」

そんなわけない、とぼくは結花が持ってきたガラスのポットから麦茶を自分のコップに注いだ。

「三笠と菅野先生が付き合うなんて、あり得ないよ」

前からあの子が嫌いだった、と母が麦茶を一気に飲んだ。

「薄汚いニキビが、顔一杯にあったでしょ？　いやらしいことばっかり考えてるから、あんなふうになるのよ。三笠くんと付き合うのは止《や》めなさいって、何度言おうと思ったかわからない。だけど、余計なことは言うなとか、怒るに決まってるし……やっぱり言えば良かった。晃、友達は選ばないと駄目よ。わかったでしょ？」

三笠は死んだんだ、とぼくはコップをテーブルに置いた。

「悪く言うのは止《や》めてくれ。だいたい、母さんは三笠のことをよく知らないだろ？」

奈緒美ちゃんでしょ、と母がぼくの額を指で押した。

「そりゃ知らないわよ。あんな子と話したくないもの。でもね、顔を見ればわかる。前はよく遊びに来てたけど、帰った後あたしが掃除してたのは知らないでしょ？　不潔なのよ、あの子は」

凄かったらしいな、と孝司がぼくの向かいに座った。

「浦高の屋上ってことは、十五メートルぐらいか？　そんな高さから落ちたら、助かるわけないよな。お前のすぐ目の前だったんだろ？　ラッキーだったな、下手すりゃ巻き添え食って、下敷きになってたかもしれない」

薄っぺらい言葉に腹が立って、無言でぼくはテーブルを叩いた。まずいと思ったのか、孝司が口を閉じた。

静かにして、と母が低い声で言った。

「それでなくても頭が痛いんだから……あたしも孝司も、あんたのことを心配してたのよ。

結花が帰ってきて、あんたの友達と担任の先生が飛び降り自殺した、あんたも危なかったって言ったの。学校にいるのか病院なのか、詳しいことがわからないから、家で待ってるしかなくて……学校から電話があったのは一時間前よ。遅すぎると思わない？　慌てて迎えに行ったのよ」

「あの後、すぐに帰ったのか？」

ぼくの問いに、結花が小さくうなずいた。先生も生徒も、授業どころじゃなかっただろう。

「誰かと話した？　三笠のこととか……」

結花が首を振った。怖かったでしょ、と母がぼくの手を取った。

「学校では勢いであんなことを言ったけど、やっぱり病院に行く？　何かあると困るし……」

大丈夫だよ、とぼくは母の手を払った。一人になりたかった。

自分の部屋に入り、ベッドに横になると、電話のベルの音が聞こえた。そうなのよという母の声がして、三笠と菅野先生のことを話し始めたから、同級生の母親の誰かなんだろう。

どうでもいい、と目をつぶった。何もかもが突然過ぎて、記憶は曖昧だった。

大きな音が聞こえて、上に目をやると、金網に絡まるようにして三笠と菅野先生が落ちてきた。二人の体が地面に激突して、凄まじい音が響いた。動くことさえできなかった。

助けてくれたのは玉城先生だけど、その後のことはよくわからない。意識を失ったのがいつだったのか、それも思い出せなかった。

起き上がって勉強机に向かい、ノートを広げた。自殺と書いて、その上から大きくバツ印をつけた。

自殺でも心中でもないのはわかっていた。三笠がそんなことをするはずがないし、それは菅野先生も同じだ。

事故と書いて、その文字をシャーペンで塗りつぶした。

屋上には何度も行ったことがある。四方を囲んでいる金網は、それぞれがチェーンで繋がれていた。一枚だけ外れるなんてあり得ない。

他殺と書こうとすると、シャーペンの芯が折れた。ぼくは机にシャーペンを放り、ノートを閉じた。

それからもずっと考え続けたけど、答えは出なかった。気がつくと、日が暮れていた。

3

来週の火曜まで休校にすると学校から連絡があったのは、その日の夜だった。どちらにしても、ぼくはしばらく休むつもりでいた。

学校へ行けば、あの時のことを思い出すだろう。何も考えたくなかった。

浦和市の高校で女性教師と生徒が転落死した、と金曜の夕方のニュース、土曜の朝の情報番組で取り上げられていたけど、事故の可能性が高いとアナウンサーが言っていた。

日曜にはニュースも流れなくなった。二人の人間が死んでも、世界は何も変わらない。

月曜の昼、家のチャイムが鳴った。訪ねてきたのは神崎警部補ともう一人の刑事だった。

前日の夕方に連絡があったので、ぼくは母と一緒に待っていた。孝司は出掛けていたし、結花は部屋にいる。

リビングに入ってきた神崎警部補が、県警本部の若月巡査部長だ、と後ろにいた若い刑事を指さした。

屋敷刑事と一緒に高木先生の事件を調べていました、と細い声で言った若月刑事が母に視線を向けた。

「申し訳ありませんが、席を外してもらえますか？　息子さんと私たちだけで話したいのですが……」

お茶を注いでいた母の手が止まった。

「どうしてです？　母親なんですよ？　一緒にいて何が悪いんですか？」

そうおっしゃらずに、と神崎警部補がとりなすように言った。

「亡くなった二人のプライバシーもありますし……息子さんだけの方が、こちらとしても質問しやすいんですよ」

嫌なことを聞かれたら答えなくていいからね、と耳元で囁いた母がリビングから出ていった。

きれいなお母さんですね、と若月刑事が言った。言葉遣いは丁寧だけど、ロボットみたいに感情のない話し方だった。

心配なんだろう、と神崎警部補がぼくの肩を軽く叩いた。

「確認の質問をするだけだ。なるべく早く終わらせる」

状況を簡単に説明します、と若月刑事が口を開いた。骸骨が服を着ているみたいに痩せている。イメージで描く刑事とはまるで違った。

「結論から言いますと、菅野先生と三笠くんの死は事故によるものです。屋上を調べたところ、落下した金網のチェーンに腐食の痕跡があり、二人、あるいはどちらかが寄りかかった際、チェーンが切れたと考えられます。不運な事故としか言いようがありません。ただ、警察としては目撃者の証言を確認しなければならないので、そこはご理解ください」

二人が屋上から転落した時、校庭にいた者はそれほど多くなかった、と神崎警部補が言った。

「私物や服装の検査があったそうだな？　だが、生徒のほとんどは教室に入っていた。先生方も同じで、外にいたのは生活指導部の四人だけだった。悲鳴や落下音を聞いて、先生や生徒が外に飛び出してきたが、彼らは地面に倒れている二人を見ただけだ。校庭にいた生徒は四十六人で、全員から事情を聞いた。君が最後だ」

覚えていることを話してくださいと言った若月刑事に、大きな音が聞こえて、反射的に顔を上げたんです、とぼくは答えた。

「でも、そこからはあっと言う間で……ぼくの目の前で二人の体が地面に叩きつけられて、怖くて動けませんでした。覚えているのはそれだけです」

無理もありません、と若月刑事がメモ帳を開いた。

「ただ、屋上に誰かがいた、と二人の生徒が話していました。それこそ一瞬のことですが、人影を見たような気がすると……」

「人影？」

屋上は金網で囲われているだけなので、角度によってはその一部が見えます、と若月刑事が言った。

「浦高の校舎は四階建てで、高さは十七・八メートル、屋上に誰かがいたとすれば、十分に見える距離です。その上で質問ですが、あの時屋上に誰かいませんでしたか？　その姿を見ていませんか？」

俺は見間違いだと思ってる、と神崎警部補が腕を組んだ。

「人影を見たと証言しているのは、二人の生徒だけだ。校舎に近過ぎると、角度の関係で屋上は見えない。君と同じように、上を見た者もいたはずだが、誰かがいてもわからなかっただろう。ただ、若月巡査部長がどうしても確認したいと言うんでね……誰か、あるいは何かを見た記憶はあるか？」

あの時、とっさに上を向きました、とぼくはリビングの天井に目をやった。

「でも、凄い速さで二人が落ちてきたので、屋上は見ていないと――」

ぼくは口を閉じた。叫び声の前に、物音を聞いていた。金属がこすれ合う音だった。

何だろうと思って顔を上げると、目の前に二人が落ちてきた。だけど、その前にぼくは屋上を見ている。

どうですか、と若月刑事がぼくに顔を近づけた。待ってください、とぼくは言った。

あの瞬間、目に飛び込んできたのは金網、そして三笠と菅野先生だった。そして、視界の端に細い影が立っていた気がする。

でも、絶対じゃない。錯覚かもしれなかった。

覚えていません、とぼくは首を振った。そんな気がするというだけで、不確かなことは言えない。思い出そうとすればするほど、影がぼやけていった。

ではもうひとつ、と若月刑事が人差し指を立てた。

「数名の生徒が目撃していたんですが、以前、あなたはあの二人と屋上に上がってましたね？　なぜ屋上へ行ったんです？」

「それは……他の生徒に話を聞かれたくなかったからで……」

「何の話をしてたんですか？」

高木先生のことです、とぼくは言った。

「三笠のお母さんは高木先生の奥さんと親しくて、いろいろ相談されていたそうです。屋敷刑事が言ってましたけど、高木先生とハマキョー……浜田さんの死には不審な点があったんですよね？　奥さんは三笠のお母さんに何でも話していて、事件が起きるしばらく前から高木先生の家に迷惑電話がかかっていたとか、見張られていたみたいだ、と三笠が言ってました」

我々も高木先生の奥さんに事情を聞いた、と神崎警部補が顔をしかめた。

「電話をかけていたのは女性で、見張っていたのも若い女性だったと話していた」

それが誰なのか三人で考えていたんです、とぼくは言った。若月刑事がメモ帳を閉じた。

誰かわかったのか、と神崎警部補が眉間の皺を深くした。いえ、とぼくは首を振った。

「推測で話すことが多くなって、あの二人はいろいろ言ってましたけど、結局、何もわかりませんでした」

「三笠くんと親しかったそうだな」

「中学からの友達だし、仲は良かったです」

前日の放課後から、彼の姿を見た者はいませんと若月刑事が言った。

「それは知ってましたか？」

菅野先生から電話がありました、とぼくは答えた。

「夜になっても家に帰っていないと聞いて、野球部の連中に連絡した方がいいんじゃないかって言ったんです。でも、帰りが遅くなるのはよくあることでしょう？　だから、そんなに気にしてなかったっていうか……」

しばらく黙っていた若月刑事が、浦高周辺、浦和駅付近を調べましたとため息をついた。

「今のところ、三笠くんを見た者はいません。校門を出たのは確かですが、その後どこへ行ったのか……三笠くんのご両親は友達の家に電話をしたり、心当たりのある場所を捜したそうですが、何もわからないままでした」

一夜明けた朝五時過ぎ、菅野先生の自宅に電話があったことがわかっています、と若月刑事が話を続けた。

「そのすぐ後に部屋を出た彼女を、同じアパートの住人が見ていました。電話の発信元は浦高一階の公衆電話で、おそらく三笠くんが学校に忍び込んだと思われます」

それ以上は、と手で制した神崎警部補に、確認が必要ですと押し切るように若月刑事が言った。

「三笠くんには菅野先生に話さなければならないことがあった。呼び出しに応じて、菅野先生は学校へ向かった……そう考えると説明がつきます。浦高には守衛がいますね？　深夜十二時と朝六時に校舎内、グラウンドを巡回すると聞きました」

そうです、とぼくはうなずいた。五年ぐらい前、夜中に泥棒が忍び込んで、守衛のおじさんが捕まえた話は誰でも知ってる。

守衛の目を避けるために屋上で話すことにした、と若月刑事が額に指を当てた。

「そして、あの事故が起きた……私たちが知りたいのは、三笠くんが何を話そうとしていたかです。心当たりはありませんか？」

わかりません、と答えるしかなかった。今のは推測に過ぎません、と若月刑事が言った。

「とはいえ、他にも不審な点があります。三笠くんは放課後どこにいたのか、朝まで家に帰らなかったのはなぜか、その間の約十五時間、何をしていたのか。どう思いますか？」

何か変です、とぼくは言った。

「授業が終わると、三笠は同じクラスの友達と話してから学校を出たと聞きました。それから誰とも会っていません。朝の五時に菅野先生に電話をかけて、学校に来てくださいって言うのもおかしくないですか？　話をするだけなら、浦和駅の近くに二十四時間営業の喫茶店もあるし、誰にも聞かれたくない話だったとしても、近所の公園とか、話す場所はいくらでもあったはずです」

学校へ呼び出すのも、菅野先生が行ったのも妙だ、と神崎警部補が腕組みをした。

「いくら何でも、朝五時は早過ぎるだろう」

あなたが何を考えているかはわかっています、と若月刑事がビー玉のような目で言った。

「電話をかけたのは、三笠くんの意思ではなかった。誰か……犯人と呼びますが、犯人に脅されていたんでしょう。それに気づいた菅野先生は学校に行くしかなかった。その犯人は、例の〝若い女性〟だったのかもしれません。高木先生と浜田さんの死、そして屋敷刑事の死にも関与していると――」

その辺で止《や》めておけ、と神崎警部補が若月刑事の肩に手を置いた。

「あんたは県警本部の人間だが、屋敷の大学の先輩で、親しかったと聞いてる。後輩の屋敷とその妻子があんな形で殺されたら、必ず犯人を逮捕すると心に誓うのはわかる。俺たち所轄の連中も同じだ。だが、高校生に聞かせる話じゃない」

顔を伏せた若月刑事が、この話は内密にお願いしますと小声で言った。そろそろ戻ろう、と神崎警部補が時計を見た。

「悪かったな、もっと早く終わらせるつもりだったんだが……体調はどうだ？　ゆっくり休んだ方がいい。学校はまだ落ち着いていないし、生徒も動揺していると校長先生が話していたよ……お母さんを呼んできてくれるか？」

リビングのドアを開け、廊下に出た。黒い霞みたいな何かが、ぼくの頭を覆っていた。

4

その日の夕方、広島にいた俊幸さんが家に帰ってきた。岡山へ向かう予定を変更したのは、母からの連絡で三笠と菅野先生のことを知ったためだ。

夜八時、夕食が終わると、俊幸さんが広島駅で買ってきたもみじ饅頭を母が二つに切って小皿に載せた。

不安そうにぼくを見つめていた俊幸さんに、もう落ち着いたわよ、と母が言った。

「もちろん、あたしも心配だった。晃は気の弱いところがあるし、目の前に人が落ちてきたら、誰だってショックを受けるでしょ？　でも、あなたがいたってどうにもならない。わざわざ帰らなくてもよかったのに」

それとこれとは違う、と俊幸さんがぼくの肩に手を置いた。

「息子の目の前で友達と担任の先生が事故で亡くなったと聞けば、誰だって心配で家に帰るさ。岡山へ行くのは明日でいい。仕事より家族の方が大事だ」

ごめんと言ったぼくに、辛かっただろうと俊幸さんがうなずいた。

「とにかく、忘れるしかない。困った時は、何でも相談してくれ。医者の友達もいるし、うちの銀行には行員のメンタルケア専門の部署がある。心配しなくていい」

三笠と菅野先生のことが頭を過っても、それはぼんやりした形でしかなかった。そこだけ心にぽっかり穴が空いたようだ。

家で母と孝司が二人の話をしていても、その声は届かなかった。聞くことを心が拒んでいた。

しばらくして、お風呂に入ってくると言った母がリビングを出た。孝司と結花は夕食が終わると、それぞれの部屋に戻っていた。

心配しなくても大丈夫だよ、とぼくは小声で言った。

「それより気になってるのは、どうしてあの二人が死んだかってことで……」

考えない方がいいと俊幸さんが言ったけど、絶対に変なんだ、とぼくは椅子を前にずらした。

「刑事がうちに来た話はしたよね？　三笠が学校の公衆電話で朝五時に菅野先生を呼び出し、屋上で話すことになった。その時、寄りかかっていた金網が外れて転落死したと言ってた。事故ってことだ。でも、そんなのおかしいよ」

混乱してるんだ、と俊幸さんが慰めるように言った。そうじゃない、とぼくは首を振った。

「何もかも三笠らしくないんだ。友達だから、性格はわかってる。部活の後、野球部の連中とどこかへ寄って家への連絡を忘れるのは、三笠ならありそうな話だけど、夜中までなんてあり得ない。根は真面目な奴だったんだ。高校生がひと晩中遊び回ってるわけないだろ？」

わかるよ、と俊幸さんがうなずいた。中学の頃はお互いの家にしょっちゅう遊びに行ってた、とぼくは話を続けた。

「お母さんは優しくて、三笠のことを可愛がってた。親に心配をかけるようなことを、あいつがするはずない」

「そうかもしれないが……」

授業が終わって、遊びに行こうって友達に誘われたけど、あいつは断ってるとぼくは電話を指さした。

「三笠のクラスの奴に聞いた。入院しているおばあさんの見舞いに行くって言ったそうだ。正門を出る三笠を見ていた奴は何人もいる。でも、その後がわからない。駅の方に向かったはずなんだけど、誰も見ていなかった。たぶん、正門を出たところで、誰かに呼び止められたんだ」

用があるとか、相談したいとか、そんなことを言われたら誰だって足を止める、とぼくは話を続けた。

「正門の横に、裏門に繋がる細い道がある。そこから帰る生徒はほとんどいない。声をかけた誰かは、そっちへ行ったんだろう。だから、誰も三笠を見ていないんだ」

名探偵の素質があったとはね、と微笑んだ俊幸さんに、笑い話じゃないんだ、とぼくは顔を近づけた。

「裏門からも学校に入ることはできる。すぐ近くに体育倉庫がある。呼び止めた奴は、三笠をそこに閉じ込めた。その誰かが浦高の生徒なら、三笠も警戒しなかっただろう。後ろから殴られて意識を失ったとか、そういうことかもしれない」

推測に過ぎない、と俊幸さんがしかめ面になった。

「晃の考えが正しいとしても、証明するのは難しい。三笠くんとは何度か会ったことがある。

背が高くて、体格も良かった。彼を殴り倒したとすれば、相当な腕力の持ち主だ。下手に調べたりしたら、今度は晃が襲われるかもしれない。余計なことはしない方がいい」

そんなつもりはない、とぼくは言った。

「ただ、俊幸さんにだけは話しておきたかったんだ。母さんや警察には言えないよ。信じてくれないのはわかってる。だけど、誰かに言わないと……」

何でも話せばいい、と俊幸さんが足を組んだ。

「それなりに理屈は合ってる。気を失った三笠くんは、朝まで体育倉庫に閉じ込められていた。だから親に連絡できなかったし、誰も姿を見ていなかった。そうだね？」

そいつは三笠の意識が戻るのを待った、とぼくはテーブルを指で何度か叩いた。

「夜明けに三笠を学校の公衆電話へ連れていき、菅野先生に電話をかけさせた。助けてくれとか、殺されるとか、そんなことを言わせたのかもしれない。話したいことがあるっていうだけじゃ、菅野先生も学校へ行かなかったと思う」

「そうだろうね」

もしかしたら、とぼくは声を潜めた。

「そいつ……犯人が直接菅野先生と話したのかもしれない。三笠を助けたければ屋上へ来い、警察には言うなと脅されたら、菅野先生も従うしかなかったんじゃないかって……」

前に聞いたけど、と俊幸さんが麦茶が入っているグラスに手をかけた。

「屋上へ通じる階段には鍵がかかっているんだろ？　どうやって犯人は屋上へ上がった？」

鍵は職員室の専用箱に入ってる、とぼくは言った。

「誰も見ていない隙に取って、コピーを作るのは難しくない。金網のチェーンも、前もって薬品を使って腐らせていたのかもしれない。あれは事故を装った殺人で……」

三笠くんは七十キロぐらいだったね、と俊幸さんが麦茶をひと口飲んだ。

「気を失った彼を背負って屋上まで上がるのは厳しいんじゃないか？　意識を取り戻していたなら、抵抗しないはずがない。三笠くんが暴れ出したら、大人だって止められないだろう」

「犯人は三笠の手足を縛っていたんだ。それなら、抵抗できないよね？」

どうかな、と俊幸さんが苦笑した。

「じゃあ、三笠くんはどうして助けを呼ばなかった？　大声を出せば、守衛さんだって気づいただろう」

「ガムテープで口を塞がれていたとか……」

仮定の話ならいくらでもできる、と俊幸さんが言った。

「でも、裏付けがないと空論に過ぎない」

鍵のこともそうだけど、説明できないことが多過ぎる、と俊幸さんがため息をついた。

「考えてしまうのはわかる。でも、晃が二人の死に責任を感じる必要はない。殺人だったとしてもだ。そうだろう？」

目を伏せたぼくに、矛盾もあると俊幸さんが指摘した。

「高木先生の家に迷惑電話をかけ続けていたのは、若い女性だった。そうだね？」

「うん」

背が高く、痩せている女だ、と俊幸さんが言った。

「正門を出たところで、その女が声をかけたのかもしれない。三笠くんが知っている女なら、裏門へ行ってもおかしくない。だけど、女に殴られて三笠くんが意識を失うかな？　七十キロの男を背負って、屋上まで階段を上がれると思うかい？」

「じゃあ、麻酔薬を注射されたとか……背負ったんじゃなくて、手を摑んで引きずり上げたとすれば――」

ますますあり得ない、と眠そうに俊幸さんが目をこすった。

「その女はどこで麻酔薬を手に入れた？　注射器は？　薬局では売ってない。女の力で三笠くんを引きずっていくのは無理だ。犯人は男だよ。でも、そうなると高木先生の家に電話をかけていたのは誰なんだ？　矛盾してるだろ？」

「そうだけど……」

どこまでいっても堂々巡りだ、とぼくの肩を俊幸さんが軽く叩いた。

「事件のことを調べるのは、警察の仕事だよ。どうしても気になるなら、ぼくが一緒に行くから、今の話をすればいい。ただ、結局は憶測だから、警察としても動きようがないんじゃないかな」

どうして菅野先生を学校に呼んだんだろう、とぼくは首を傾げた。

「誰かが二人を転落死に見せかけて殺した。ぼくの知らないところで、三笠はいろいろ調べてたみたいだし、何か証拠を見つけたのかもしれない。それを知った犯人が口封じのために三笠を殺した……ないとは言えないでしょ？」

刑事ドラマの見過ぎだよ、と俊幸さんが呆れたように肩をすくめた。だけど菅野先生まで殺す必要はなかったはずだ、とぼくは言った。

「三笠が犯人に繋がる証拠を見つけたとしても、あいつを屋上から突き落とせば、それで済んだだろう。菅野先生まで殺すのは、犯人にとってリスクにしかならない。どうしてそんなことをしたのか……」

犯人の心当たりがある、と三笠くんが菅野先生に話していたのかもしれない、と俊幸さんがテーブルに肘をついた。

「直接的な証拠ではないにしても、犯人に結び付く何かに気づいたとかね。だとすれば、二人を殺すしかなかっただろう。でも、それは仮定の話で、今となっては調べようがない」

三笠と菅野先生は二人だけで会ったことがある。浦和駅近くの商店街で偶然会ってコーヒーを飲んだ、と得意げに三笠が話していたから、間違いない。

二人で話している時、犯人に直接繋がる何かに気づいたのか。違う、とぼくは強く首を振った。そうだとすれば、ぼくに話さないはずがない。

三笠が不審な死を遂げれば、菅野先生も警察にそれを話しただろう。理由があれば、警察も詳しく調べる。犯人はそれを恐れて、菅野先生を殺したのか。

考え過ぎない方がいい、と俊幸さんが立ち上がった。

「繰り返すようだけど、二人の死は事故で、晃のせいじゃない。忘れていいんだ」

明日の昼には家を出なきゃならない、と俊幸さんが大きく伸びをした。

「奈緒美に言えないのはわかるよ。まともに取り合ってくれないだろうからね。割り切りが早くて、物事を深く考えないのが彼女のいいところだ……でも、晃も不安だろう。この後の連絡先を書いておくよ。話したいことがあったら、電話すればいい。六月の末には戻るから、また話を聞くよ。それでいいかい？」

ありがとう、とぼくは言った。話を聞いてくれたのが嬉しかった。

シャワーを浴びて寝るよ、と俊幸さんがリビングを出ていった。夜十一時になっていた。

5

水曜まで家から出なかった。二年A組の担任になった玉城先生から二度連絡があり、水曜の夕方は家までぼくの様子を見に来た。お互い大変だなと冗談めかして言ってたのは、本音だったのかもしれない。

まだ学校は落ち着いていないし、生徒たちの間でいろんな噂が飛び交っていると玉城先生が教えてくれた。講堂に全生徒を集めて、二人は事故で亡くなったと校長先生が話したけど、自殺だったとか心中なんじゃないかとか、無責任なことを言う者もいたらしい。

ただ、学校側が事故だとはっきり説明したのは、それなりに効果があったようだ。授業も再開したし、ひと月も経てば元通りになるだろうと言って、玉城先生は帰っていった。

六月二十七日、ぼくは学校へ行った。どう声をかけていいのかわからないのか、クラスの連中がちょっとだけ遠巻きにぼくを見ていた。

昼休み、藤原やサッカー部の仲間が教室に来て、部活に戻ってこいよと誘ってくれた。でも、やる気が出なくて、しばらく休むと言うしかなかった。

どうせすぐ夏休みだ、と藤原がぼくの肩を叩いた。

「それまでには復帰しろよ。秋の県大会の予選も始まるし、うまくいけば試合に出られるぞ」

他の部員も電話をくれたり、ぼくの方から連絡を取ることもあった。そんなふうにして、前のようにクラスメイトとも話したり、放課後にファストフード店に寄ったり、ゆっくりと日常が戻ってきた。

七月中旬に期末試験があるから、その勉強もしなければならない。かえって気が紛れるから、今回に限ってはありがたかった。

萌香から電話があったのは、その二日後の夜だった。転校してからも浦和に住んでいるし、三笠と菅野先生のことをニュースで見て、心配で電話してみたのと萌香が言った。

ちょっと焦ったけど、少し会話のキャッチボールをしたら、すぐに心がほどけていった。

転校してから、萌香はどうしてるんだろうと時々考えていた。誰よりも仲がよかった友達だ。声を聞くだけでも嬉しかった。

久しぶりだねと言い合いながら、いろんな話をした。ほとんどは萌香の高校のことだ。

赤羽の私立校だと聞いていたけど、他は何も知らない。よその高校の話は、単純に面白かった。

一時間ほど話していると、そろそろ切るねと萌香が言った。

「晃くんの声が聞きたかったの。もっと落ち込んでるかと思ったけど、意外と元気そうで安心した」

何とかね、とぼくは答えた。

「みんな、気遣ってくれてる。玉城先生のことは覚えてる？　おっかない先生だって思ってたけど、そうでもないんだ。顔は怖いけど――」

もう話すことはないと思う、と萌香が遮るように言った。声が硬くなっていた。

「あたしには何もできない。でも……晃くん、すぐにその家を出て。お義父さんの親戚が栃木にいるって言ってたでしょ？　転校して、そこで暮らすの」

またそれかよ、とぼくは子機を持ち替えた。せっかく楽しく話していたのに、と心がざらついた。

「いいかげんにしてくれ。ここはぼくの家なんだ。どうして出なきゃならない？　叔父さん夫婦は栃木に住んでるけど、親しいわけじゃない。いきなり栃木に行って、今日からお世話になりますなんて言えるわけないだろ？」

「それでも行くしかない。そうしないと――」

親が許さない、とぼくは大声を上げた。

「何でだって話になるのは当たり前だろ？　意味がわかんないよ。どうしてそんなことを言うんだ？」

悪いことが起きるから、と萌香が言った。遠くで喋ってるような声だった。

「何もかも、なかったことにするしかない。友達もいない新しい高校に通うのが嫌なのはわかる。それなら、あたしも栃木に行く。災いを防ぐには、そうするしかない」

「災い？　縁起でもないこと言うなよ。前にもそんなこと言ってたけど、何があるっていうんだ？　それより、萌はどうして転校したんだ？　何か訳があるのか？」

わかるの、と萌香が何かを叩く音がした。

「本当は電話なんかしちゃいけなかった。あたしも災いに巻き込まれるかもしれない。だけど、放っておけなくて……静かに身を潜めていれば、きっと気づかれない。関係さえ断てば、何も起きない。もう遅いって言われたけど、あたしはまだ間に合うと――」

「遅い？　何が遅いんだ？　誰にそんなことを言われた？」

祖母よ、と萌香がぽつりと言った。

「どう言えばいいのかわからないけど、あたしたちにはわかるの。だから……ごめんなさい、さよなら」

唐突に通話が切れた。すぐアドレス帳にあった萌香の番号を押したけど、おかけになった電話番号は現在使われておりません、という合成音が流れてくるだけだった。

引っ越しはしていないから、電話番号だけを変えたのか。だとしたら、どうしてそんなことをしたのだろう。

何もわからないまま、ぼくは子機を見つめているしかなかった。

6

俊幸さんが出張から帰ってきたのは七月三日だった。予定より少し遅れたのは、仕事が長引いたためで、それは電話で聞いていた。

一泊だけ家に戻っていたけど、ひと月以上の出張だから、疲れているのはわかっていた。水曜の夜で、遅い時間だったこともあって、ただいまとかお帰りとか、その時の会話はそれだけだった。

翌朝、リビングのドアを開けると、テーブルにお土産が並んでいた。苦笑を浮かべた俊幸さんと、不機嫌な顔をした母が座っている。ソファに座っていた孝司と結花がちらちら見ていた。

「そんな顔するなよ。こっちがほしいって言ったんじゃない。各支店の連中が、せっかく来たんだからって持たせてくれたんだ。断るわけにもいかないだろ?」

何なのよ、と母が赤べこの頭を叩くと、首がぶらぶら揺れた。

「田舎の支店ってセンスないわよね。どうしろって言うの、棚にでも飾って置くつもり? 止《や》めてよ、そんなことされたら友達も呼べないじゃない」

猿とか馬とか、いろんな動物の置物がテーブルの上に置かれていた。母の趣味に合わないのは一目瞭然だった。

怒らなくてもいいじゃないか、と俊幸さんが機嫌を取るように言った。

「来週はまるまる有休にしてもらった。ひと月以上家を空けてたんだから、家族サービスしろってことだ。買い物でも何でも付き合うし、たまには二人で食事に行かないか?」

いいんじゃないの、と孝司が薄笑いを浮かべた。二人で温泉でも行ったら、とぼくは言った。

「ぼくたちのことは心配ない。一週間ぐらい平気だ。俊幸さんは働き過ぎだし、少し休んだ方がいいよ」

止《や》めて、と母がテーブルを叩いた。大きな音がして、ぼくは口を閉じた。

「夫婦で温泉旅行? つまらないこと言ってないで、顔でも洗ってきたらどうなの。もうあたしたちは朝ご飯を済ませた。トーストでも焼いて食べるのね」

そんな言い方は良くないと顔をしかめた俊幸さんを無視して、母が自分の部屋に戻っていった。二、三日前から機嫌が悪そうだったけど、何かあったのだろうか。

ちょっと見てくる、と孝司が立ち上がった。

「晃、テーブルの上を片付けておけよ。親父も親父だ。土産にしては酷過ぎるって。日本全国回って、狸の置物はないよ。奈緒美ちゃんはそういうのが一番嫌いなんだ。親父だってわかってるだろ？」

台所のトースターで食パンを焼き、パックの牛乳を持ってリビングに戻ると、俊幸さんと結花が話をしていた。二人で片付けたのか、テーブルの置物は消えていた。

ぼくはまだ結花が好きだったけど、三笠と菅野先生の件もあって、いろんなことがどうでもよくなっていた。一度離れた心は元に戻らないし、孝司との関係を考えると、諦めるしかなかった。

ほとんど話さないのは、無視とか嫌ってるとか、そういうことじゃない。結花はぼくを空気のように思ってる。それだけのことだ。

孝司が母を連れて戻ってきたのは、三十分ほど経った頃だった。ちょっと苛々しちゃって、と母が俊幸さんの手に自分の手を重ねた。

「ゴメンね、そんなつもりじゃなかったの。晃の学校のこととか、いろいろあって……あなたがいなかったから、大変だったのよ。わかるでしょ？」

　謝らなくていい、と俊幸さんが微笑んだ。

「ぼくの方こそ済まなかった。君に全部任せて、そばにいてやれなかった。悪いと思ってる……さあ、この話は終わりだ。いいね？」

　旅行のことだけど、と母がぼくに顔を向けた。

「晃の言う通りかもね。せっかくの休みなんだから、二人で過ごすのもいいかなって。晃と結花のことは任せろって孝司くんも言ってくれたし……」

　行ってきなよ、と孝司が椅子に腰を下ろした。

「平日なら宿も取れるんじゃないか？　家族サービスっていうなら、奥様の希望を聞くべきだと思うな。群馬の温泉に行きたいみたいだぜ」

　草津か、と俊幸さんがうなずいた。

「今回の出張で群馬にも行ったけど、仕事だから温泉ってわけにはいかなかった。ゆっくり温泉に浸かって、疲れを癒すのも悪くないな……ちょっと群馬の支店長に連絡してみる。お薦めがあるかもしれない」

　草津は良《よ》いとこだよ、と孝司が変な節をつけて歌った。たまにはいいよね、と母が笑顔になった。

7

俊幸さんが群馬の支店長に電話を入れると、一時間も経たないうちに折り返しの連絡があった。草津でも有名な老舗旅館の予約が取れたという。

「観光協会にコネがあるから、無理が利くんだ」

銀行マンで良かったよ、と俊幸さんが得意そうに言った。すぐに相談が始まり、七日の早朝に草津へ向かい、火曜の夕方に戻ることになった。

照れ臭いわと言いながらも、母は嬉しそうだった。子育てや家事に追われ、夫婦だけの時間を取るのは難しかっただろう。俊幸さんの仕事が忙しくなったことも、ストレスだったのかもしれない。

群馬の草津温泉へ夫婦水入らずで出掛けるのは、俊幸さんにとっても母にとってもいい息抜きになる。二泊三日の旅行のために、母が何着も着替えを用意したり、それからの数日は大騒ぎだった。

俊幸さんの運転で草津へ行くことにしたのは、観光もしたいと母が言ったからだ。車の方が何かと便利なのは、考えるまでもなかった。

浦和から草津までは、関越自動車道で三時間もかからない。その方が楽だ、と俊幸さんもうなずいていた。

ドライブデートだなと上機嫌に言った俊幸さんの背中を、止《や》めてってば、と母が叩いていた。ちょっと微笑ましい光景だった。

日曜の朝、物音がして、ぼくは目を覚ました。時計を見ると、まだ五時前だった。窓の外から、雨の音が聞こえていた。

半分寝ぼけたままリビングへ行くと、俊幸さんがスーツケースの前で大汗を掻いていた。ロックがかからないのか、何度も開けたり閉めたりを繰り返している。

「うるさかったか？　寝てていいんだ。昨日も言っただろ、見送らなくていいって」

何を言ってるんだか、とぼくは口を尖らせた。

「二人ともいい歳して、何を考えてるわけ？　海外旅行じゃないんだよ？　草津の温泉に行くのに、スーツケースがいるの？」

奈緒美の服だよ、と俊幸さんが笑みを浮かべた。

「決められないって、四着持っていくことになったんだ」

別にいいでしょ、と母が椅子に座ったまま言った。

「二人で出掛けるのは久しぶりなんだから、オシャレぐらいさせてよ。車なんだし、大は小を兼ねるって言うじゃない」

　俊幸さんが母に甘いのは前からだ。余計なことを言っても仕方ない。

　やっと閉まった、と俊幸さんが額の汗を拭った。

「ロックの噛み合わせが悪くて参ったよ……さあ、出発だ」

　あんたは部屋に戻って、と母がぼくの背中を押した。

「いつもは寝起きが悪いくせに、どうして今日みたいな日だけ起きてくるの？　孝司も結花も寝てるのに……八時には起きるのよ」

　雨が降ってるからお気をつけください、とわざと頭を深く下げ、ぼくはリビングを出た。

　わかってる、とスーツケースを持った俊幸さんが玄関に向かった。

「天気予報でも、この一週間はずっと降ったり止《や》んだりだと言ってたな。でも、スピードを出さなければいいんだ。心配しなくていい」

　はいはいと返事をして、ぼくは部屋に戻った。目をつぶると、エンジンをかける音が聞こえたけど、そんなこと関係なしにすぐ寝入っていた。

　ドアを叩く音とチャイムが重なって、ぼくは飛び起きた。時計の針が五時四十分を指している。俊幸さんと母が出てから、まだ三十分も経っていない。

　ドアを乱暴に叩く大きな音と、誰かいますか、というしゃがれた声が聞こえた。玄関のドアを開けると、白髪頭の男の人が立っていた。

全身が雨で濡れている。背負っていたのは母だった。

「朝の散歩をしていたら、この人が倒れていて」

浅川《あさかわ》といいます、と男の人が名乗った。六十歳ぐらいで、ジャージ姿だ。近くに住んでいるんだろう。

「頭から血が垂れていたんで、びっくりしたよ。大丈夫ですかって声をかけたら、家が近いって言うんで、背負って連れてきたんだ。まだこんな時間だし、救急車呼ぶって言っても公衆電話がないからさ」

母さん、と耳元で叫んだけど、返事はなかった。中に運ぼうと言った浅川さんと二人で母の体を支え、リビングに寝かせると、瞼が細かく痙攣していた。

浅川さんがジャージの前を指さした。刷毛で塗ったように、血にまみれている。母の髪がぐっしょりと濡れていたのは、雨だけじゃなく血も混じっていたせいだ。

顔も真っ赤で、厭な臭いがした。床にも血が滴っている。

「孝司！　結花！　起きろ！」

ぼくは電話に飛びついた。１１９と番号を押すと、消防ですという男の声が聞こえた。

「火事ですか？　それとも――」

母が怪我を、とぼくは怒鳴った。

「頭から血が流れています。早く来て！」

落ち着いてください、と男が言った。

「息子さんですか？　まず名前と住所をお願いします」

自分の名前と住所を言うと、意識はありますかと男が質問した。わかりませんと首を振ったぼくを見かねたのか、浅川さんが電話に出た。

「猿が辻の十字路があるでしょ？　あそこに倒れてたんだよ。その時は意識があって、話もできた。オートバイに乗ってた奴に殴られたとか、そんなことを言ってたな……詳しいこと？　わかるわけないだろう。住所だけ言って、気を失ったんだ。放っておくわけにもいかないから……関係？　関係なんかないですよ。散歩していて、たまたま見つけただけで――」

片手を開いた浅川さんが、五分で救急車が来ると小声で言った。

「お母さんを動かすなと言ってる。このまま待った方が良さそうだ」

リビングに駆け込んできた孝司と結花が悲鳴を上げた。

「何があった？　晃、この人は誰だ？」

孝司が戸惑ったように言った。口に手を当てた結花がリビングを出ていった。

車が、と掠れた母の声がした。

「……十字路で、オートバイとぶつかりそうになったの……大丈夫ですかって、俊幸さんが車を降りたら、太った男がいきなり殴りかかってきて……」

どんな奴だ、と孝司が母の頭の下にクッションを当てた。顔はわからない、と母が荒い息を吐いた。

「ヘルメットを被ってたから……ジーンズと……ジャンパーで……頭が痛い。俊幸さんはどこ？」

戻ってきた結花が濡れタオルで母の顔を拭った。目の中にも血が入っている。出血が酷い。

サイレンの音が聞こえ、孝司が玄関のドアを開けると、入ってきた二人の救急隊員が母の傷を調べ始めた。頭がぱっくり割れているのが見えた。

ガーゼで傷を押さえた救急隊員が担架で母を運び出し、背格好で年上だとわかったのか、救急車に乗ってくださいと孝司に言った。

待ってください、とぼくは年かさの救急隊員の腕を掴んだ。

「ついさっき、母が意識を取り戻して、オートバイの男に襲われたと話していました。一緒にいた父が戻ってません。どうすれば――」

警察には我々から連絡します、と救急隊員が言った。

「お母さんの搬送先は中浦和総合病院になります。警察からの連絡を待ってください。出血は酷いですが、命にかかわるほどの怪我ではないと思います。容体はお兄さんに伝えます。いいですね？」

返事をする前に、母を担架に乗せた救急隊員、そして孝司が救急車に乗り込み、大きなサイレン音を上げながら走り去っていった。

一分も経たないうちに、電話が鳴った。浦和東署刑事課の権藤《ごんどう》です、と男が名乗った。

「救急から通報がありました。何があったのか話してください」

母がオートバイの男に襲われたこと、俊幸さんが戻っていないことを話すと、まず自宅へ向かいます、と権藤刑事が言った。

「猿が辻の十字路で襲われたんですね？　そちらにも人をやります。お父さんの車の車種、ナンバーはわかりますか？　年齢、身長、体重、服装は？」

矢継ぎ早の質問に、ぼくはパニックになっていた。答えられずにいると、代わりに子機を取った結花が車種とナンバーを落ち着いた声で言った。

「父は五十三歳です。身長は百七十五センチ、体重は七十キロぐらい、ボタンダウンのシャツに茶のチノパンを穿いています……はい、黄色いフィアットで、家の車です。家を出た時間ですか？　五時過ぎだと思います」

ぼくは顔を両手で覆った。何が起きたのか、どうすればいいのか、まるでわからない。悪い夢を見ているようだ。

でも、これは夢じゃない。床には母の血が広がっている。ぼくの手も真っ赤だ。

大丈夫かねと浅川さんが言ったけど、答えることはできなかった。

8

家から五分ほど歩くと、猿が辻の十字路がある。横断歩道もない細い道が交差していて、近所に住んでいる人だけが使う裏道だ。

朝七時を過ぎると、通勤や通学のために、それなりに大勢の人が通るけど、五時だと誰もいなかっただろう。

十分も経たないうちにパトカーで家に来た権藤刑事がぼくと浅川さんに事情を聞き、無線で浦和東署に連絡を入れた。孝司からも電話があり、母の意識が戻ったと言った。

「医者の話だと、傷はかなり深いそうだ。刑事も来て、奈緒美ちゃんにいろいろ聞いてる。そっちはどうなってる？　親父は見つかったのか？」

まだだと言ったぼくに、無線で話していた権藤刑事がゆっくりと首を振った。

「……車が見つかって、お父さんは亡くなられていました」

無意識のうちに、ぼくは受話器を架台に置いた。権藤刑事がぼくと結花を交互に見た。

「猿が辻の手前にある小さな児童公園の横に車が停められていた、とたった今報告が入りました。お父さんのご遺体は後部座席に押し込められていました」

公園の近くか、と浅川さんが顔を上げた。

「黄色い車が停まってたな。そうか、あれがねえ……」

病院へ向かった刑事がお母さんから話を聞いています、と権藤刑事が表情のない顔で言った。

「お父さんが運転していた車が猿が辻で一時停止した時、飛び出してきたオートバイと接触したようです。車から降りたお父さんを男が鉄パイプ状の凶器で殴り、止めようとしたお母さんをフロントガラスに叩きつけました。頭部に裂傷を負ったのはそのためです。フロントガラスにも罅《ひび》が入っていました」

惨い話だ、と浅川さんがつぶやいた。犯人は発見を遅らせるために車を移動したんでしょう、と権藤刑事が言った。

「児童公園の隣は竹林で、蔭になっていますから、覗き込まないと車内は見えません。移動したと言っても、五十メートルほどです。その後、オートバイで逃げた……今言えるのはそれだけです」

俊幸さんのところへ行きますと立ち上がったぼくを、権藤刑事が止めた。

「まだ現場検証中です。それに……見ない方がいいでしょう。犯人は二度顔面を殴打していますが、人相もわからない状態だと連絡がありました。よほど力が強かったんでしょう」

信じられなかった。家を出る時、俊幸さんも母も満面の笑みを浮かべていた。

たった一時間前だ。どうしてこんなことになったのか。

確認させてください、と権藤刑事がぼくに顔を向けた。

「最後に二人と話したのはあなたですね？　朝五時頃ということですが、間違いありませんか？」

そうです、とぼくはうなずいた。悔しくて、涙も出なかった。

俊幸さんを殺し、母に重傷を負わせた犯人を捕まえるためなら、何でもするつもりだった。

俊幸さんはオートバイに乗っていた男を気遣って、声をかけたのだろう。でも、男は注意されたと思い込み、逆上して殴りつけた。そんなこと、許されていいはずがない。

不運だったとしか言いようがありません、と権藤刑事がため息をついた。

「財布なども見つかっていますから、強盗ではないようです。殴打の痕も二カ所だけで、殺意はなかったと思われます。残念です」

犯人を捕まえてくださいと叫んだぼくに、もちろんです、と権藤刑事がうなずいた。

「しかし……早朝五時の犯行で、小雨も降っていました。目撃者がいればいいんですが、あの時間だと猿が辻周辺はほとんど人通りがありません。浅川さんが見つけていなければ、どうなっていたか……お母さんの記憶も曖昧です。太った男と話していますが、オートバイの型、ナンバー、その他何も覚えていないようです。突然のことですから、無理もありませんね」

ヘルメットを被ってたと言ってたよ、と浅川さんがしかめ面になった。

「それじゃ顔もわからないよな。警察はどうやって捜すんだ?」

本件はいわゆる衝動殺人です、と権藤刑事が顔を伏せた。

「つまり、犯人とご両親を繋ぐ線はありません。逮捕に全力を尽くしますが、時間がかかると考えてください」

二人は旅行を楽しみにしてたんです、と結花が言った。頬に涙が伝っていた。

「それなのに、こんな酷いことに巻き込まれて……お願いです、犯人を逮捕するって約束してください」

全力を尽くします、と権藤刑事が繰り返した。不意に、疑問が浮かんだ。どうして犯人は鉄パイプを持っていたのか。

オートバイを運転するのに、そんな物を持つ必要はない。かえって邪魔になるだけだ。

暴走族の犯行かもしれません、と権藤刑事が小声で言った。

「県内には複数のグループがあります。その線で調べていくことになるかと――」

何かがおかしい、という想いが胸を過った。そして、もっと大きな疑問があった。どうして結花は俊幸さんの服装を知っていたんだろう。

朝、物音で目を覚ましたのはぼくだけだ。リビングで二人と話したし、何を着ていたかも見ている。結花が言った通り、俊幸さんはボタンダウンのシャツに茶色のチノパン姿だった。

でも、結花は部屋で寝ていた。何を着ていたのか、わかるはずがない。それなのに、俊幸さんの服装を正確に説明していた。

母は犯人を見ている。太った男だと言っている。だけど、顔は見ていない。

力の強い男だと権藤刑事は話していた。常識で考えればそうなるけど、鉄パイプのような凶器なら、女性でも強い打撃を与えられたかもしれない。

結花がやったのか。服を重ね着すれば、太った男を装うこともできただろう。ヘルメットを被っていれば、顔はわからない。

あり得ない、とぼくは首を振った。結花に俊幸さんを殺す理由なんてない。それに、オートバイに乗っていたはずがない。

帰ってもいいかね、と疲れた声で浅川さんが言った。少し待ってください、と権藤刑事がまたため息をついた。

結花がゆっくりと首を曲げ、ぼくを見つめた。その頬に薄い笑みが浮かんでいた。

膝の震えが止まらなくなった。俊幸さんを殺したのは結花だ。証拠は何もないけど、間違いない。

でも、何のためだろう。俊幸さんを殺して、何があるというのか。

権藤刑事に話しても、信じるはずがない。結花は男じゃないし、太ってもいない。

そして何より、人殺しをするようには見えない。美しい少女が養父を殴り殺すなんてあり得ないと、誰でも考えるだろう。

浅川さんと権藤刑事が同時に口を閉じ、辺りを見回した。異様な臭気がリビングに漂っていた。

ガラスのドアを開けた権藤刑事が首を傾げたけど、どこからその悪臭が湧いているのか、ぼくにはわかっていた。

6章　夏の嵐

1

俊幸さんの葬儀が執り行われたのは、殺された三日後の水曜だった。本当なら、喪主を務めるのは母なのだけど、頭の怪我が酷くて退院できずにいた。

俊幸さんの遺体も戻っていない。殺人事件の場合はやむを得ない、と警察の人から説明があった。

栃木に住んでいる徳幸《のりゆき》叔父さんが孝司と話し、警察と相談しながら葬儀の手配を進めてくれた。こういう時は大人がいないとどうにもならない。

遺体がないので、火葬場にも行っていない。寺でお坊さんが読経してくれたけど、それだけだった。

普通の葬式とは違うし、普通の死に方じゃない。どうすればいいのか、孝司とぼくでは決められなかった。

ぼくは俊幸さんの死にショックを受け、何もリアルに感じられず、ずっと夢を見ているようだった。だから、葬式のことはよく覚えていない。

親戚とも銀行の人たちとも話さなかった。何を言えばいいのか、お互いにわからなかったからかもしれない。

最後まで残ってくれたのは、徳幸叔父さんと奥さんの加代子《かよこ》さんだった。俊幸さんの弟として、責任を果たすつもりだったのだろう。

寺から家に帰り、徳幸さん夫婦、そしてぼくたち三人でお茶を飲んだ。疲れただろう、と徳幸さんがため息をついた。

「奈緒美さんは明後日に退院する、と病院から連絡があった。高校の先生に事情を話して、晃くんと結花ちゃんは今週いっぱい休ませてもらうことにしたよ。来週の月曜から期末テストが始まるので、できれば受けてほしいと言ってたが……辛いだろうけど、今は兄さんが安らかに眠ることを祈るしかない」

警察は、と言いかけたぼくに、捜査は進んでいると徳幸さんが言った。

「詳しいことは教えてくれなかったが、カミナリ族……最近では暴走族って言うのか？　不良の犯行のようだ。若い男で、身長は百六十センチぐらいだったと病院で義姉さんが刑事さんに話している。もう少し記憶がはっきりしていればと思うが、あの怪我じゃ難しいだろう」

「県外から来ていたら？」

孝司の問いに、他県の暴走族が兄さんを殺したってことか、と徳幸叔父さんが首を振った。

「ちょっと考えにくいな。猿が辻のある通りは、この辺の住人以外使わないと聞いている。土地勘がない者が通るような道じゃない。それにしても酷い話だよ。どうして兄さんが……」

声が震えていた。くそ、と孝司がテーブルを両手で強く叩いた。

「叔父さん、犯人は死刑になるよな？　もしそうじゃなかったら、俺が殺してやる」

そんなことをしても兄さんは喜ばない、と徳幸叔父さんがまた首を振った。

「暴力が嫌いで、優しい人だった。わかってるだろう？　死刑になるかどうかはともかく、厳罰を与えられるのは間違いない。後は警察に任せるんだ。いいね？」

何もできないのか、と孝司が怒鳴った。

「凶悪な暴走族の人殺しを野放しか？　畜生、どうすりゃいいんだ？」

孝司の怒りはぼくにもよくわかった。あんな優しい人が殺されるなんておかしい。仇《かたき》を取りたかった。

ぼくにとって、俊幸さんは義理の父というより、仲のいい年上の友達だった。信頼できたし、何でも話せた。

だけど、俊幸さんが実の息子の孝司よりぼくの方を可愛がっていたのは、他人だからだ。血が繋がっていないから、お互い気楽に向き合えた。

孝司は違う。本当の親子だからこそ、言えないこと、衝突することもあっただろう。いい関係だったとは言えないけど、それなりにうまくやっていた。実の父親を殺された孝司の怒り、そして悲しみが伝わり、気づくとぼくは泣いていた。

翌日の朝、徳幸さん夫婦が栃木に帰った。答えなくていいと警察に言われていたこともあって、訪ねてきた新聞記者は孝司が追い返した。

看護婦に付き添われ、包帯を頭に巻いた母が戻ってきたのは金曜の夕方だった。今まで見たことがないくらい、顔色が悪かった。

2

看護婦が母をリビングの椅子に座らせると、結花が麦茶の入ったグラスを持ってきた。ありがとう、と低い声で言った母がそれを飲んで、深いため息をついた。

母の怪我は頭部の裂傷と打撲で、ガーゼと包帯に隠れているけど、十二針縫ったと聞いていた。かなり深い傷だ。凄まじい力で車のフロントガラスに叩きつけられたのだろう。

　ぼくたちはリビングのテーブルを囲んで、それぞれの席に座った。そうしていると、俊幸さんの死がはっきりと感じられた。

「ごめんね、大変だったでしょう」母がぼくたち三人の顔を順に見た。「お葬式のこと、ありがとう。あたしが退院するまで待ってほしいって言ったんだけど、徳幸さんにも仕事があるから、いつまでも休んでいるわけにもいかないし……」

　どこかで区切りをつけなきゃならなかった、と孝司が言った。

「奈緒美ちゃんは怪我してるんだから、俺たちで何とかしようって決めた。晃、そうだろ？」

　そんなに大変じゃなかった、とぼくはうなずいた。

「徳幸叔父さんがほとんどやってくれたし、来たのは十人ぐらいだ。みんな事情はわかっていたから、母さんにお悔やみを伝えてくださいって……怪我の方はどうなの？」

　頭痛が酷くて、と母が頭を押さえた。

「病院ではほとんど眠れなかった。検査もあったし、警察の人が何度も来て、事情を聞かれたり……ちょっと寝ても、あの時のことが夢に出てきて、目が覚めてしまう。どれだけ怖かったか……」

　わかるよ、と孝司が母の腕に触れた。

「いきなり襲われたら、誰だって怖い。奈緒美ちゃんは立派だよ。親父を守ろうとしたんだ。俺だったら、逃げていたかもしれない。あんまり考えない方がいい」

犯人はまだ捕まってないのね、と母がぽつりと言った。ぼくたちはそれぞれ顔を伏せた。

警察から何度か連絡があったけど、捜査が難航しているのは雰囲気でわかっていた。

「あたしがいけないの」母の両目から大粒の涙がこぼれた。「犯人の顔も見ていないし、オートバイの色もナンバーも……何十枚も写真を見せられたけど、どこのメーカーのオートバイかわからなかった。犯人が棒みたいな物であの人を殴っていたのは見てる。でも、何だったのかと言われると……」

鉄パイプだったらしい、とぼくは言った。

「刑事がそんなことを話してた。誰も母さんを責めてないよ。しばらく休んで、怪我が治ったら後のことを考えよう」

そうね、と母が涙を拭った。葬式は言ってみれば形だけのもので、俊幸さんの遺体が戻ってないから、お墓にも入れていなかった。

家には写真と戒名を書いた札を置いているだけだ。今は俊幸さんの冥福を祈るしかないのだろう。

「本当に何も覚えてないんですか？」

唐突に結花が口を開いた。どうしたの、と母が驚いたような表情を浮かべた。

「覚えてることは全部警察に話したつもりよ。猿が辻の十字路で、いきなりオートバイが出てきたの。雨が降っていて、前がよく見えなかったから、ちょっとぶつかっていたのかもしれない。でも、パパは一時停止していたし、こすった程度だったはず。それなのに、車を降りたあの人を太った男が……」

母が顔を両手で覆った。もういいだろ、と孝司が結花を睨みつけた。

「そんなこと聞いてどうする？　俺だって悔しいよ。親父が殺されたんだぞ？　お前らとは違う。血の繋がった父親だ。誰よりも俺が犯人を憎んでる。自分の手で捕まえたいぐらいだ。でも、徳幸叔父さんが言ってたように、事件の捜査は警察にしかできない。奈緒美ちゃんがどんなに怖かったか、少しは考えろよ」

ごめんなさい、と結花が目を逸らした。横になりたい、と母が椅子に摑まって立ち上がった。

「疲れてるの。あの人のことを思い出すと、それだけで辛くて……しばらくは何も手につかないと思う。迷惑をかけるけど、許してね」

部屋まで連れていこうかと言った孝司に、大丈夫と母が手を振った。リビングのドアが閉まる音がした。

3

それからしばらく、母はベッドから離れなかった。トイレ以外はずっと寝ているだけで、怪我より精神的なショックの方が大きかったようだ。

朝昼晩と三人で食事を作り、交代で母の部屋に持っていったけど、ひと口かふた口しか食べなかった。時々様子を見に行くと、眠っているか泣いているかのどちらかで、話ができる状態じゃなかった。

日曜の夜、ぼくたち三人はコンビニで買ってきた弁当で夕食を済ませ、それぞれの部屋に戻った。

明日からは学校に行かなければならない。クラスメイトたちは好奇の目でぼくと結花を見るだろう。無神経なことを言われるかもしれない。

でも、ぼくには考えなければならないことがあった。どうして結花は俊幸さんの服装を知っていたのか。その疑問がずっと頭から離れなかった。

混乱しないように、メモを取りながら考えた。あの日の朝、俊幸さんと母が温泉旅行に出掛ける支度をしていた時、その姿を見ていたのはぼくだけだ。

あの時、俊幸さんは白のボタンダウンのシャツ、そして茶色のチノパンを着ていた。靴は茶色の革靴だ。

母はノースリーブの花柄のワンピース姿で、サンダルみたいな靴を履いていた。二人とも笑顔で、幸せそうだった。

結花は部屋で眠っていたはずだ。それなのに、刑事に俊幸さんの服装を正確に話していた。どういうことなのか。

二つの可能性がある、とぼくはメモを書いた。もしかしたら、結花は推測で刑事に服装を説明していたのかもしれない。

俊幸さんはいつも服装に気を使っていた。友達に聞くと、家に帰るとすぐにパジャマに着替える父親も多いみたいだけど、俊幸さんは違った。

銀行へはスーツで出勤し、帰宅するとシャツとズボンに着替える。アイビールックが好きだったから、ボタンダウンのシャツにチノパンを合わせることが多かった。

母との旅行で選んだのもそういう服だろう、と結花は思ったのかもしれない。スーツで行くはずもないから、そう考えてもおかしくないし、実際その通りだった。

だけど、とぼくはシャーペンを握り直した。それなら、刑事にもそう言ったんじゃないか。あの時点で、俊幸さんはまだ見つかっていなかった。捜すために警察が動き出した直後で、正確な情報が必要だったのは結花もわかっていたはずだ。推測や憶測で服装を伝えれば、捜索の妨げになったかもしれない。

もうひとつ、結花が自分の部屋を出て、俊幸さんを見ていたとも考えられる。玄関とリビングはガラスのドア一枚を挟んでいるだけだから、ドア越しに見ることができたはずだ。

でも、そうだとしたら、行ってらっしゃいと言うために玄関まで出てきてもいいだろう。出掛ける気配に気づいて起きてきたのなら、その方が普通だ。

それに、結花が部屋から出てきたら、ぼくにわからないはずがない。廊下にもリビングにも、人の気配はなかった。

どちらでもないとしたら、とぼくは文字を書いた。いつ、どこで結花は俊幸さんを見たのか。

外しかない。家の外ではなく、猿が辻だ。

あの日、俊幸さんと母が旅行に出掛けるのは結花も知っていた。家を出る時間もだ。

結花は勝手口から家を出て、猿が辻へ向かった。四時半頃だっただろう。

猿が辻で二人を待ったのは、あの辺りに人がいないからだ。それは近所に住む人なら誰でも知ってる。だから、あそこを選んだ。

どうやったのかわからないけど、前日にオートバイを盗み、運転したのではなく、車体を押して猿が辻の近くに停めておいた。

猿が辻の十字路は見通しが悪いので、車は一時停止してから、ゆっくり前に出ないと左右が見えない。俊幸さんもそうしたはずだ。

結花は車を待ち、前に出た時にオートバイをわざとぶつけて、俊幸さんが降りるように仕向けた。

助手席の母に見えないようにヘルメットのシールドを開け、俊幸さんに自分の顔を見せた。結花だとわかって、俊幸さんは驚いただろう。

でも、警戒はしなかったはずだ。隙をついて鉄パイプで殴りつければ、致命傷を負わせることができたかもしれない。

(何のためにそんなことを？)

そこまでノートに書いて、ぼくはシャーペンを放り捨てた。書くのもおぞましいほと、不快な答えがぼくの頭に浮かんでいた。

4

月曜、学校へ行った。クラスの全員が俊幸さんの死を知っていたけど、ぼくと結花に話しかけてくる者はいなかった。

期末テスト初日で、四限目が終わるとみんな足早に帰っていった。それを待って、ぼくは職員室へ向かった。

ドアを開けると、気づいた玉城先生が片手を上げて、こっちへ来いとぼくを呼んだ。

「今朝のホームルームでは、お前のお義父さんのことに触れなかったが、その方がいいと思ったんだ。いろいろ大変だろう。辛いのはわかるが、先生たちも力になるし……」

相談があります、とぼくは言った。しばらく無言でいた玉城先生が立ち上がり、奥の小会議室のドアを開けた。二人だけで話した方がいいと思ったようだ。

「どうした。何かあったのか？」

玉城先生が椅子に腰を下ろした。どこから話せばいいのかわからずに黙っていると、玉城先生が口を開いた。

「先週、県警の若月という刑事が自分を訪ねて学校へ二回来た。刑事ってのは暇なのかな」

「何のために来たんですか？」

浦和東署の屋敷刑事とその家族の死について調べていると若月刑事は話していた、と玉城先生が顎の不精髭に触れた。

「それは自分も校長や教頭から聞いていた。漏れていたガスに煙草の火が引火して、一家三人が焼死したというが、事故ではなく他殺の可能性があるそうだな」

教師にはわからんが、と玉城先生が口元をすぼめた。

「刑事は恨みを買うことも多い仕事だ。逮捕した犯人が逆恨みして刑事やその家族を殺したり、そんなこともあるだろう。校長や教頭の話を聞いて、そう思っていたが、若月刑事はうちの学校の関係者が犯人だとほのめかしていた」

「どうして玉城先生を訪ねてきたんです？」

二年生の学年主任は自分だ、と玉城先生が言った。

「高木先生と女子生徒の事件が屋敷刑事殺しの動機だ、と若月刑事は考えているんだろう。はっきり言わなかったが、顔を見ればわかるさ。二人の死は偽装心中で、屋敷刑事はその証拠を摑んだ。だから口封じのために殺されたってことだ」

「先生はどう思ったんです？」

何とも言えん、と玉城先生が腕を組んだ。

「自分は刑事じゃないし、噂レベルならともかく、詳しいことは何も知らない。酷い話も出ているようだが、高木先生とは親しくしていた。家族思いの優しい人だ。女子生徒と心中なんかするはずがない。だが、何があったのか、本当のところはわからん。それを調べるのは警察だ」

「真相を調べるために、二年生の学年主任の玉城先生に話を聞きに来たってことですか？」

そんなところだ、と玉城先生がうなずいた。

「しかしな、刑事は学校のことをわかっていない。各クラスの担任と話し合っていろんな調整をしたり、トータルな判断をするのが学年主任の役目だ。それぞれの生徒と向き合っているのは担任だよ。自分より、各クラスの担任に聞いた方がいいと言った。最初はそれで帰ったが、二回目に来た時は二年A組の担任として質問に答えてほしいと言われた」

A組の担任を命じられたのはついこの前だ、と玉城先生が言った。

「だから、自分もまだクラス全員のことをわかってるわけじゃない。印象だけでは答えられないと言ったら、若月刑事がお前の名前を出した」

「ぼくの名前？」

教師も人間だ、と玉城先生が頬骨の下を掻いた。

「クラスには四十人の生徒がいる。別け隔てなく接するべきだが、人間には相性ってものがある。高木先生がお前のことを可愛がっていたのは知ってる。飲みに行くと、お前の話をよくしていた」

「だから？」

若月刑事はずっとうちの学校のことを調べていた、と玉城先生が声を潜めた。

「高木先生と浜田、菅野先生と三笠の死についても詳しかった。言いにくいが、お前のお義父さんも殺された。お前と関係性が深い者ばかりだ。何か知っていてもおかしくない、と考えたんだろう」

「ぼくが犯人ってことですか？　俊幸さんも殺した？　そんなこと、あるはずないじゃないですか」

落ち着け、と玉城先生がぼくの肩を押さえた。

「菅野先生と三笠が屋上から転落死した時、お前が下にいたのは自分も見ている。突き落とせるわけがない。高木先生と女子生徒を心中に見せかけて殺す理由もないし、お義父さんに至っては論外だ。若月刑事もお前が犯人だと考えてはいない。全部で八人が死んでいる。高校生にできることじゃないからな。ただ、何か知ってるはずだと……」

まあいい、と玉城先生が首を振った。

「相談があると言ったな？　若月刑事が考えてる〝何か〟と関係があるのか？」

「そうです」

うなずいたけど、どう話していいのかわからなかった。結花が犯人だと言うのは簡単だ。でも、納得のいく説明ができるとは思えない。

ぼくが八人の死について何か知っていると若月刑事が考えているのは、言ってみれば直感だ。根拠は何もない。

それはぼくも同じで、結花が八人を殺した確証はなかった。玉城先生に相談しようと思ったのは、ぼくに見えていない何かを見つけてくれるかもしれないと考えたからだ。

「……女子高生の中には、年上の男性に憧れる生徒もいますよね？」

女子高生に限ったことじゃないと小さく笑った玉城先生に、そういう意味じゃありませんとぼくは言った。

「二、三歳上とかじゃなくて、十歳、二十歳上の男性です。先生を好きになる生徒とか……」

恋愛に年齢は関係ないからな、と玉城先生がうなずいた。

「そういうこともあるだろう。高校を卒業した女子生徒が四十歳の担任と結婚した、そんな話は何度も聞いたことがある。十年ほど前だが、うちの学校でも似たようなケースがあったらしい」

「ぼくが言いたいのは、年上の男性に憧れる女性がいるってことです。ファザコンってことかもしれないですけど」

自分に聞くな、と玉城先生が頭を掻いた。角張った顔に、困惑の色が浮かんでいた。

「ファザコン傾向のある女性がいるのは確かだ。それがどうしたっていうんだ？」

高木先生に憧れていた女子生徒がいたとして、とぼくは言った。

「高木先生も自分に好意を持っていると思い込んだら、どうなると思いますか？　先生と自分が付き合っている、そう考えるかもしれませんよね？」

空想の話か、と玉城先生がため息をついた。

「男も女も、自分が好きな人と付き合っていると頭の中で考えるのは自由だ。お前だって、一度や二度はアイドルと恋をするとか、考えたことがあるんじゃないか？　中学生や高校生なら、その方が普通だろう」

普通じゃなかったら、とぼくは身を乗り出した。

「妄想が膨れ上がり、現実を現実として認められなくなったらどうなります？　彼女の中では、自分の妄想こそが現実なんです。でも、実際には付き合っていないから、無理やり妄想に現実を合わせようとするんじゃないかって……」

何が言いたい、と玉城先生がぼくの顔を正面から見た。その女は妄想を現実に変えようとしたんです、とぼくは言った。

「奥さんと離婚して、自分と結婚してほしいと高木先生に言ったけど、断られた。彼女はそれが許せなかった。自分の思い通りにならない者は死ぬべきだ、と考えたのかもしれません。だから、高木先生とハマキョーを心中に見せかけて殺したんです」

誰のことを言ってるんだ、と玉城先生が天井に目をやった。

「高木先生に好意を持つ女子生徒がいたのかもしれん。だが、好意に応えなかったから殺したなんて、考えられんよ」

証拠は何もありません、とぼくは顔を伏せた。

「でも、そうとしか考えられなくて……前に、ぼくも若月刑事と話しました。屋敷刑事と親しかったそうです。事故ではなくて、殺人だと言ってました。今も調べているはずですけど、学校のことは中にいないとわかりません。先生も生徒も、警察に余計なことを話せばトラブルに巻き込まれるでしょ？　外から調べただけでは、わからないこともあるんです」

升元、と玉城先生が低い声で言った。

「お義父さんがあんな形で殺されて、ショックなのはわかる。だがな、何でもありってわけじゃない。誰を疑っているんだ？　根拠がないなら、それこそ妄想だ。疑われているとわかれば、誰だって嫌な気持ちになる。女子高生があの八人を殺したと言いたいのか？　できるわけないだろう」

あいつは俊幸さんのことも殺した、とぼくは大声で叫んだ。言葉が体の奥から溢れてくるようだった。

「あいつは俊幸さんを好きになった。優しい言葉をかけられたり、親切にされて嬉しかったからだ。自分のことを好きだと思い込んで、結婚したいとか、そんなことを言ったのかもしれない。だけど、俊幸さんは冗談だと思って取り合わなかった。自分のものにならないとわかって、それなら殺すしかないと――」

気づくと、周りが歪んで見えた。大丈夫か、と玉城先生がポケットからハンカチを出した。

「鼻血が出てる。これで拭け……落ち着け、酷い顔をしてるぞ」

テーブルの上に、真っ赤な血の滴《しずく》が点々と落ちていた。鼻の下を拭うと、ハンカチが赤く染まった。

「升元、犯人に心当たりがあるなら、警察に話した方がいい。自分が一緒に行っても構わん。だが、証拠がなければ警察は相手にしない。それはわかるな？」

「先生は……信じてくれないんですか？」

誰のことを疑ってるか見当はついている、と玉城先生が言った。

「お前のために言うが、名前は口にするな。信じるか信じないかと言われたら、信じられないと答えるしかない。そんな子には見えん」

すべての事件に結花がかかわっている。それには確信があった。

最初、結花は高木先生に恋愛感情を抱いていた。萌香が言っていたけれど、結花は〝高木先生と付き合っている〃とハマキョーに話していた。あり得ない話だから、ハマキョーが勝手に言ってるだけだと思っていた。

でも、それは結花の中で確かな現実だった。高木先生が何気なくかけた言葉が、結花にそう思わせたのかもしれない。

だけど、高木先生が自分を見ていないとわかり、現実と思い込みの折り合いをつけることができないまま、高木先生の存在を消すことで妄想を正当化した。

その後、結花は俊幸さんに想いを寄せるようになった。いつか自分と俊幸さんが結ばれると考え、高校を卒業したら結婚するつもりだったんだろう。

俊幸さんと母が温泉へ行くことになって、その妄想が壊れた。自分以外の女性と旅行に出掛けるのは、結花にとって裏切りだった。

だから、俊幸さんに罰を与えた。母が殺されずに済んだのは、死んだと結花が思ったからで、運が良かっただけだ。

ただ、すべてはぼくの想像だった。裏付けは何もない。結花が人殺しだなんて、誰も信じないだろう。

小さく頭を下げ、ぼくは小会議室のドアを開けた。升元、と玉城先生の呼ぶ声が聞こえたけど、振り向かなかった。

5

期末テスト中、頭にあったのは結花が俊幸さんを殺した証拠を見つけることだけだった。難しいのはわかっている。捜査は警察の仕事で、高校生のぼくには何もできない。

すべての始まりは、結花が高木先生に恋をしたことだ。好意を打ち明けたけど、思い通りにならなかったから殺した。ハマキョーは心中を偽装するための道具に過ぎない。

結花に疑いの目を向けていた屋敷刑事の存在を知り、ガス漏れによる火災を引き起こし、奥さんと子供も殺した。

ぼくが屋敷刑事と電話で話した後、結花はリダイヤル機能を使ったのだろう。屋敷刑事との通話記録が二件残っていたのは、一件はぼくで、もう一件は結花だ。

結花が犯人だと気づいた三笠と菅野先生も殺した。二人の生徒が屋上で人影を見たと証言していたけど、それは結花だ。

そして、結花は俊幸さんも殺した。自分の想いを受け入れず、他の女と旅行するような男は死ぬべきだと考えたんだろう。

結花には人間としての感情がない。殺すと決めたら、ためらうことなく殺す。自分に疑いを向けさせないためには、平気で他の人間も巻き込む。

背筋が寒くなった。そんな人間がいるだろうか。

結花の頭にはフィルターがかかっている。理想というフィルターだ。それを少しでも汚す者は、誰であれ排除する。

結花の現実は、彼女の頭の中にだけある。夢の国の女王は結花で、思い通りにならないことなどあってはならないし、邪魔者はすべて消す。女王は何をしても許される。

ただ、今のままではお前の妄想だと言われるだけだ。美しく、幼さが残る顔をした少女が殺人鬼だなんて、誰も信じるはずがない。だけど、証拠さえあれば刑事もぼくの話を聞いてくれる。

どこを調べればいいかはわかっていた。でも、結花が気づけば、次のターゲットはぼくになる。

慎重に機会を窺っていたけど、チャンスが巡ってきたのは金曜だった。期末テストの最終日で、昼前に最後の家庭科のテストがあった。

浦高では男子が技術、設計、女子は被服制作に分かれている。だから、テストの問題が違う。どこの高校もその辺りは同じだろう。

そのため、男子だけが別の教室に移り、テストを受けることになっていた。そこしかチャンスはない。

ぼくはその前の現代文のテストが終わると、体調が悪いと先生に断って、そのまま教室を出た。

家までの道を駆け通しに駆け、十分ほどで着いた。汗まみれになっていたけど、着替えもせずにリビングから結花の部屋に向かった。

今朝、母は頭の傷の治療のために、病院へ行っていた。孝司も一緒だ。誰もいないのも、ぼくにとって好都合だった。

台所から廊下を奥に進めば、結花の部屋と浴室がある。証拠が残っているとすれば、結花の部屋しかない。

結花は異常なぐらい頭がいい。自分の犯行を示す証拠はとっくに処分しているだろう。

何があるかはわからない。何も見つからないかもしれない。それでも、何かがあるかもしれなかった。他に捜す場所はない。

部屋をすべて調べて、証拠を見つける。その後、気づかれないように動かした物を元に戻さなければならない。

時間は限られている。テスト時間は五十分間で、終われば結花はまっすぐ帰ってくる。

落ち着け、と自分に言い聞かせて、ぼくは結花の部屋の扉を開けた。

前に一度だけ入ったことがある。その時も思ったけど、女子高生らしさが何もない殺風景な部屋だった。

何もかもがきれいに整理されている。勉強机の上にブックエンドがあり、そこに教科書とノート類が並んでいるだけだ。

クローゼットを開けると、ハンガーに夏物の服が数着かけてあった。結花はほとんど出掛けないし、行くのは浦和駅の近くにある本屋ぐらいだ。そんなに服を持っていないのは知っていた。

箪笥の引き出しには、下着のセットときれいに畳まれた冬物の着替えが入っていた。でも、それだけだ。後は勉強机の引き出しを調べるしかない。

結花の部屋に入ってから、十分ほどが経っていた。まだ四十分ある。

三段ある引き出しの一番上を開けた。中は前に見た時と少し違っていた。

メイク用の化粧ポーチ、小さな鋏、クリップや糊のような文房具。三色ボールペンが一本、シャーペンや鉛筆の入った筆箱がひとつ入っていた。

二段目の引き出しからは、小さな写真立てが出てきた。母親、父親、そして五歳ぐらいの姉妹。絵に描いたように幸せそうな家族。

母親と父親の顔に見覚えがあった。麗美さんと武士さんだ。

二人ともモデルのようにきれいな顔をしている。姉妹もコマーシャルに出てきそうなぐらい、顔立ちが整っていた。

（この子が梨花か）

並んで立っている少女の一人に目をやった。結花には双子の姉がいる。その子の名前は梨花だ。

「あたしは結花じゃありません。リカって呼んでください」

初めてこの家に来た時のことが頭に浮かんだ。結花がそう言っていたのを、はっきりと覚えている。

どうしてそんなことを言ったのか、理由がわかった気がした。姉妹はどちらも可愛かったし、美少女と言っていい。ただ、比べると梨花の方が美しかった。

（結花は姉に憧れていた）

写真の少女に、結花の面影が残っている。今もそうだけど、肌はくすんだような色だ。心なしか、表情も暗かった。

結花には姉へのコンプレックスがあった。双子だから、余計にそれを意識せざるを得なかった。

武士さんが交通事故で亡くなった後、麗美さんは梨花だけを連れて新興宗教の教団に出家している。自分は連れていってもらえなかった、母親に捨てられたという意識が、リカと名乗らせているんだろう。

写真立てを戻して、下段の引き出しを開けた。そこにはぎっしりと文庫本が詰まっていた。

結花はいつも本を読んでいる。背表紙に目をやると、すべて外国の翻訳小説だった。モーパッサン『脂肪の塊』、カフカ『変身』、ヘミングウェイ『老人と海』、フィッツジェラルド『グレート・ギャツビー』、カミュ『異邦人』、シェイクスピア『リア王』、ドストエフスキー『罪と罰』、バタイユ『マダム・エドワルダ』。名前だけは知ってるけど、どれも読んだことがなかった。

手に触れた『リア王』を抜き出し、ページをめくった。いろんなところに赤線が引いてある。気に入った文章なのだろう。

（違う）

赤線の箇所を読むと、そこに脈絡はなかった。説明だけの会話とか、どうでもいいところにも赤線を引いている。

（結花はこの本を読んでいない）

少しでも内容を理解していたら、こんなことをするはずがない。結花は〝聡明で賢い女性〟がしそうなことをなぞっている。

家でも学校でも、それは同じだ。すべてはおとなしくて性格が良くて、頭のいい少女と思わせるためだった。

まともな人間にできることじゃない。だけど、何かに執着するように、結花はずっと演じ続けている。

本を戻し、辺りを見回した。部屋全体から敵意が漂っているのがわかった。秘密を知った者への敵意。

手を伸ばし、震える指でブックエンドに挟まれたノートを引っ張り出した。見なくても、そこに何が記されているかわかっていたけど、確かめなければならない。

ノートを開くと、細かい字で板書が書き写されていた。でも、それだけじゃない。もっと小さな文字が記されていた。

『パパのことを忘れたことなんてない。リカは看護婦になって、パパと一緒に働きたかった。そして、お医者様と結婚して、幸せになる。結婚したら仕事はやめて、旦那様の帰りを待つ。疲れて帰ってくる旦那様を笑顔で迎えて、一緒に夕食を食べる。それがリカの幸せ。子供は二人ほしい』

『パパ、リカはこんなの望んでない。パパといたい。どうしてぢてパパはいなくなったたったのリカはずっとパパはどこにさがしてるのパパとリカだけで』

『ママはどうしてあんなことをしたんだろう。リカにわからないと思ったの？　そんなわけない。あの日だって、リカは全部見てた。ママがあのおばさんが乗ってきた車で家を出たのも、パパのクリニックへ向かったのもそして夕クシーで帰ってきたのもそれはつまりママがパパを轢いたってこと何のためにそんなこ』

背後で足音がした。慌ててノートをブックエンドの間に戻したけど、ドアノブが回る方が早かった。

隠れる場所はない。ぼくはクローゼットに飛び込んで、身を屈めた。

でも、無駄なのはわかっていた。すぐにクローゼットのドアが開いた。

「何をしてるんだ？」

顔を上げると、そこにいたのは孝司だった。いつもの人を不快にさせる笑みが頰に浮かんでいた。

「……病院は？」

今帰ってきたんだ、と孝司が言った。

「玄関にお前の靴があったから、帰ってるのはわかってた。台所で水を飲んでたら、ごそごそ音がするから気になってな」

何も言えずに、ぼくは顔を伏せた。リカの部屋に忍び込んだのか、と馬鹿にしたように孝司が言った。

「下着でも盗むつもりだったんだな？」

違う、とぼくは首を振った。いいさ、と孝司が笑みを濃くした。

「こいつは貸しだ。リカには黙っておいてやるよ」

孝司に本やノートのことを話しても、相手にしないだろう。それがどれほど恐ろしいことか、理解できるはずもない。

さっさと出てけ、と孝司がぼくの背中を押した。

「奈緒美ちゃんは着替えてる。ここにいるのがバレたら面倒だ。まったく、変態の義弟は始末に困るぜ」

無言でぼくは結花の部屋を出た。孝司が鼻歌を唄っていた。

6

夏休みが始まった。

期末テストの成績はさんざんだったけど、玉城先生は何も言わなかった。俊幸さんが死んでまだひと月も経っていないから、仕方ないと思っているんだろう。

七月の末に抜糸が終わると、母は週に一、二度病院で診察してもらうだけになっていた。

八月に入ると、それなりに日常が戻ってきたけど、それは見かけだけの話だ。

家には家族四人が暮らしている。でも、直接血が繋がっているのはぼくと母だけで、孝司は義理の兄だし、結花は戸籍上の家族に過ぎない。

升元家を結んでいたのは俊幸さんだった。俊幸さんがいたから、ぼくたちは家族のようにふるまえた。

でも、俊幸さんはもういない。喪失感だけがあった。

朝、母は起きてこない。低血圧なので、もともと朝には弱かったけど、頭痛がすると言って部屋から出てこなかった。

一番早く起き出すのはぼくで、適当にトーストを焼いて食べる。その次は結花で、同じように何か食べて部屋に戻る。孝司は昼夜逆転の生活だから、その時間には寝ていた。

昼になると、母が部屋から出てきて、コーヒーを飲む。その姿を見てから、ぼくはサッカー部の練習に行く。帰るのは夕方の六時ぐらいで、結花は母を手伝って夕食の支度をするようになっていた。

母が孝司の運転で買い物に行くのは昼過ぎだ。浦和駅の近くに商店街があるけど、街道沿いのスーパーマーケットの方が食料品が安い。

俊幸さんが亡くなって、退職金や保険金が出ることになっていた。でも、いつになるか決まっていなかったから、倹約しなければならないと母は考えたのだろう。

母の機嫌は日によって変わった。ずっと暗い顔をして黙っていたかと思えば、いきなり笑い出したり、泣き出すこともあった。

買い物にだけは行くけど、家事はほとんどしない。家の掃除や洗濯はぼくと結花に任せ、自分は夕食を作るだけだ。

何をするでもなく、ぼんやりと一日中テレビを眺めている。そんな母を見ているのは辛かった。

見かねたのか、珍しく孝司が声をかけてきたのは八月の半ばだった。

「晃の気持ちはわかるけど、どうしようもない。犯人が捕まるまで、心の整理ができないんだ。お前だってそうだろ？」

あんまり落ち込むなとだけ言って、孝司が自分の部屋に入った。照れ臭かったんだろう。たまには兄貴らしいことを言うんだなと思ったけど、母の辛さを考えると、胸が苦しかった。

ぼくは俊幸さんのことを本当の父親のように思っていた。でも、父子と夫婦は違う。母の受けたショックは、想像することもできなかった。

慰めの言葉を言えば、かえってあの時のことを思い出させるかもしれない。だから、何も言えなかった。

ひとつ屋根の下で暮らしているけど、四人の心はばらばらだった。誰もが平静を装い、俊幸さんがいないことに気づかないふりをしていた。

一緒の時間を過ごすのは夕食の間だけで、そこでもほとんど会話はない。決めていた順番に従って皿を洗い、風呂に入り、その後は自分の部屋に戻る。毎日が判で押したように同じだった。

ぼくがサッカー部の練習に出ていたのは、その空気に耐えられなかったからだ。家にいると、心が押し潰されそうだった。

家にいたくない理由はもうひとつあった。怖かったからだ。

「晃くん、すぐに家を出て」

萌香の声が時々頭を過った。そこにいたら、災いに巻き込まれる。最悪の事態になる。

今すぐにでも、徳幸叔父さんの家へ逃げた方がいい。ずっと萌香の言葉を無視していたけど、それは間違いだった。

萌香が警告していたのは、結花のことだ。名前さえ言えないほど、恐ろしかったんだろう。

ぼくの中でも、怯えが膨れ上がっていた。結花が家に来てから、すべてが始まっている。死も、災いも、何もかもだ。

この家にいれば、否応なくそれに巻き込まれる。逃げようがない。

浦和東署の権藤刑事から、週に一、二度連絡があった。孝司が応対していたけど、捜査に進展はないようだった。

夏休みが終わったら玉城先生に相談する、と決めていた。萌香の警告通り、母とこの家を出るしかない。

徳幸叔父さんのところか、他の親戚でもいい。誰かが助けてくれるだろう。

毎日、カレンダーにバツ印をつけるのがぼくの習慣になった。八月十五日、二十日、二十五日。

あと四日、とぼくは二十八日の夜、数字を黒く塗りつぶした。

7

八月二十九日はサッカー部の県大会の準決勝戦、三十日は決勝戦がある。藤原をはじめ二年生の活躍もあって、浦高は準決勝戦進出を決めていた。

ぼくはレギュラーじゃないし、一学期終わりの練習に参加できなかったから、選抜メンバーに入っていない。それでも、準決勝戦まで駒を進められたのは嬉しかった。

朝起きて、トーストを食べていると、珍しく母が部屋から出てきた。

「ああ、頭が痛い……晃、どこに行くの？」

越谷の市営サッカー場、とぼくは答えた。

「準決勝の試合があるんだ。応援だよ」

暑いのに大変ね、と母がリモコンでエアコンの温度を下げた。

「何時頃帰ってくる？　あたし、朝から病院なのよ。その後、スーパーで買い物するけど、食べたいものある？」

「今日は遅くなると思う。準決勝の第二試合だから、終わるのは五時過ぎだ。勝てば決勝だから、夜練もある。八時ぐらいかな？」

あんまり遅くなっちゃ駄目よ、と母が言った。

「あんなこともあったし、この辺も物騒だから……引っ越そうって思ってるの。この家にいると、嫌なことばかり思い出すでしょ？　東京がいいかもしれない。晃はどう思う？」

引っ越しには賛成だ、とぼくはうなずいた。

「帰ったら話すよ。試合前の練習があるんだ。遅刻したら怒られる」

この家を出る、と近いうちに話すつもりだった。はっきり理由が言えないから、母を説得できるかどうかわからない。

ただ、徳幸叔父さんには電話で相談していた。学校でいじめに遭っていると訴え、転校したいと言うと、母の許可があれば構わないと徳幸叔父さんは言ってくれた。

まず、母と話さなければならない。俊幸さんを殺したのは結花だと言っても信じるはずがないけど、強引に説伏して、二人で逃げるしかない。

でも、ぼく一人では無理だ。新学期が始まったら玉城先生に話して、協力してもらおうと思っていた。

八時過ぎに家を出て、浦和駅から越谷駅へ向かった。乗り換えが二回あって、三十分ほどかかる。越谷駅に集合して、そこからバスで市営サッカー場へ行くことになっていた。

越谷駅で降りると、浮かない顔をした浦高サッカー部員が立っていた。どうしたんだ、とぼくは口をへの字に曲げている藤原に声をかけた。

「何かあったのか？　レギュラーのお前がそんな顔してたら、こっちもどうしていいのか……」

大宮大付属《おおみやだいふぞく》高校の選手が食中毒で倒れたみたいだ、と藤原が小声で言った。

「あそこは全寮制だからな……君塚《きみづか》先生が事情を確認してるけど、不戦勝になるんじゃないか？　ラッキーって言えばそうだけど、何か後味が悪いっていうか……」

走ってきた顧問の君塚先生が、全員聞け、と手をメガホンにして怒鳴った。

「大宮大付属高校が準決勝戦を棄権すると連絡があった。さっきも言ったが、食中毒で部員のほとんどが病院に担ぎ込まれたそうだ。いい気分はしないだろうが、勝ちは勝ちだ。気持ちを切り替えて、明日の決勝に備えよう。今から浦和に戻り、学校のグラウンドで練習する。いいな？」

威勢がいいとはお世辞にも言えない声で、はい、と全員が返事した。

今年の春、大宮大付属高校に練習試合で惨敗を喫していたから、雪辱戦という想いが誰の中にもあった。どこか中途半端な感じで、素直に喜べないのはぼくも同じだった。

電車に乗ると、ぼくたちの気持ちと重なるように空が暗くなり、大粒の雨が降り出して、浦和駅に着く頃には本降りになっていた。天気予報でも午後から雨になると言ってたけど、ここまで酷い降りになるとは思っていなかった。

だけど、サッカーは雨でも試合や練習をする。学校まで走り、ユニフォームに着替えたのは十一時だった。

グラウンドに出ると、強い風が吹き、雷も鳴っていた。夏の嵐だ。

一時間も経たないうちに、君塚先生が集合の笛を吹いた。雨合羽を着ている全身が水に浸かったように濡れていた。

どうしようもないな、と君塚先生が空を見上げた。

「練習は中止だ。雨はともかく、雷は危ない……全員、着替えて帰れ。明日の決勝戦は今日と同じ越谷の市営サッカー場だ。遅刻するなよ」

部室で着替えてから外に出た。折り畳みの傘しか持っていない。差したところで役には立たないだろう。

家に着いたのは午後一時だった。その時には豪雨になっていて、昼間なのに前が見えないほど雨脚が強くなっていた。

玄関の鍵を開けて家に入ると、大量の水が体から滴り落ちた。タオルで髪を拭いていると、奇妙な音が聞こえた。

音ではない。声だ。むせび泣くような、小さな悲鳴のような声。それに獣の吠える声が交ざっている。

短い廊下を抜けてリビングに入ると、声が大きくなった。男と女の淫らな声が孝司の部屋から聞こえていた。

孝司と結花だ。二人が孝司の部屋でいやらしいことをしている。前にも同じことがあった。二人の声が重なり、淫靡な音もした。本当に野獣のようだ。

足音を忍ばせて自分の部屋に入り、濡れていた服を脱ぎ捨てた。下着までびっしょりだ。ファンシーケースから新しい下着を取り、ジャージに着替えた。その間も孝司の部屋から声が響いていた。

二人が何をしていても関係ない。ヘッドホンに手を伸ばし、それで耳を塞ぐと声が小さくなった。

ラジオか音楽を聴けば、声は聞こえなくなる。ラジカセのスイッチに手を伸ばした時、二人が同時に叫んだ。あまりの大声に指が止まった。

いやらしい体だな、と孝司が言う声がした。激しい息遣いがそれに重なっている。

「良かっただろ？」

孝司の湿った声にため息が被り、悪い男、という笑い声がした。

「でも、上手なのは認めてもいい。ほら、見て。こんなになってる」

孝司が下品な声で笑った。ぼくは頭からヘッドホンをむしり取り、二つの部屋を隔てている薄い壁にある小さな穴に目を当てた。前にネックレスの箱を投げつけた時にできた穴だ。

ベッドに二人の男女が寝そべっている。男は孝司で、女は母だった。上半身裸の孝司と、薄いシュミーズをつけただけの母が体を重ねていた。

悪いのはどっちだよ、と孝司が言った。

「奈緒美ちゃんにはかなわないって。最低で最悪だよな。まあ、親父がどうこうできる女じゃない。それに気づかなかったのが間違いだったんだ」

最低で最悪って、と母が含み笑いをした。だってそうだろ、と孝司が剥き出しになっている母の尻を叩いた。

「親父を殺して保険金を騙し取るって言い出した時は、さすがに驚いたよ……もっとも、前の旦那のことは聞いてたから、意外ってわけでもなかったけどね。建築現場から突き落としたんだろ？」

違うわよ、と母が舌で唇をなめた。

「あたしは呼び出しただけ。やったのは工務店の社長や社員たち。満春には悪いことをしたって思うけど、工事現場の作業員じゃ、稼ぎはたかが知れてるでしょ？　妊娠しちゃったから、結婚するしかなかったけど、最初から長く続けるつもりはなかった。仕方ないじゃない」

まばたきもできなかった。母の顔は美しく、そして醜かった。

頭を思いきりハンマーで殴られたような衝撃があった。何も考えられない。

満春父は現場作業員として美津島建設で働いていた。社長は美津島という中年の太った男だ。よく家に来ていた社員たちの顔が次々に頭に浮かんでは消えていった。

お金がほしかったのよ、とこぼすように母が言った。

「府中の古いアパートは、信じられないくらい狭かった。バスもトイレも共用よ？　そんな暮らし、絶対に嫌だった。でも、高卒のあの人の給料じゃどうにもならない。しょうがないでしょ、あたしのせいじゃない」

人殺しの片棒を担いだってことだぜ、と孝司が口元を歪めた。

「夫を殺して保険金を奪ったんだ。最低最悪の女じゃないか。社長や社員も何を考えてたんだろうな。そんなにこの尻が良かったのか？」

孝司が母の尻を叩くと、ぴしゃり、という音がした。そうよ、と母が笑い声を上げた。

「美津島も社員たちも、みんなあたしの言いなりだった。その分、お返しはしたんだからいいじゃない？　怖くなったのか、社員たちはだんだん離れていったけど、美津島だけはしつこかった。冗談じゃないわよ、あんなデブ。五十歳近いのに、まだ二十五にもなっていないあたしを愛人にするなんて、勘違いもいいところ。勘弁してよ、気持ち悪い」

愛人だったんだろ、と孝司が言った。

「月々、お手当をもらってたって言ってたじゃないか。立派な愛人だよ」

だから説明したでしょ、と母が苛ついた表情になった。

「満春の保険金が、思っていたより少なかったの。あたしも馬鹿だった。ブランド物の服やバッグを買ったり、ホストクラブに通って、無駄にお金を使った。毎日遊んで暮らすには、美津島に金をもらうしかなかったの。あいつが死んでせいせいしたけど、スポンサーがいなくなって困ったのも本当よ。いろいろ大変だったんだから」

銀座のクラブで働いてたんだから金はあっただろうと言った孝司に、あんたにはわからない、と母が舌打ちした。

「美容院だって着物だって、全部自分で払うのよ？　営業だってしなきゃならない。同伴だアフターだ、毎晩疲れることばっかり……客筋が良かったから勤めてただけよ」

それで親父を摑まえた、と孝司が大声で笑った。

「真面目な人だから、奈緒美ちゃんなら操るのは簡単だったろ？　不憫だよな、実の息子に嫁を寝取られてたなんて」

いい人よ、と母が顔をしかめた。

「あの店はつぼみ銀行ご用達で、部長クラスが通うの。でもね、銀行のお偉方なんて、ろくなもんじゃない。紳士ぶってるけど、結局はホステスの体目当て。俊幸さんは違った。真剣にあたしと結婚したいって言ったし、嫌いだったら結婚なんかしない。だけど、つまらない人だった。息子さんみたいに元気じゃないし」

母が孝司のパンツに手を突っ込んだ。止《や》めろよ、と孝司が腰を引いた。

「底なしだな……まだやりたいのか？　結花が帰ってきたらどうする？」

あの子は六時まで学校で補習よ、と母が言った。

「麗美さんの娘とは思えない。あの人、顔はきれいだけど、信じられないぐらい頭が悪かった。今頃どうしてるんだろ。いきなり現れたりしないわよね？」

宇宙真理教のことは調べた、と孝司が首を振った。

「出家して、戻ってきた信者はいない。心配しなくていい」

ずいぶん熱心ですこと、と母が孝司を睨んだ。

「最近、結花に優しいのは、あたしに嫉妬させたかったからでしょ？　わかってるわよ、それぐらい。嫌な男……まさか、本気じゃないわよね？」

当たり前だろ、とにやついた孝司が母の体をまさぐった。

「あんな痩せっぽちの色気も何もないガキに用はない。奈緒美ちゃんの体はすごいよ。結花の方から勝手に擦り寄ってきたんだ。晃の悔しそうな顔を見てるのが面白くてさ。あいつ、結花のことが好きなんだぜ」

酷い兄さんねと笑った母が、俊幸さんが死んで保険金が下りると言った。

「貯金も、この家も、みんなあたしの物。武士のクリニックを売れば、広尾の家も手に入る……ねえ、早く引っ越そうよ。あたし、ずっと埼玉が嫌だった。東京に住みたい。青山か六本木がいいな」

　そのうちな、と孝司が母の首に腕を回した。

「腹の立つ親父だった。何が慶葉大出のエリート銀行マンだよ。大学はどうなってる、就職はどうするんだって、馬鹿じゃないのか？　仕事ばかりで、俺やオフクロのことはほったらかしだった」

　親父みたいになりたくなかった、と孝司が吐き捨てた。声に憎しみが籠もっていた。

　そうよ、と母が孝司の胸に顔を埋《うず》めた。

「家事なんか、お手伝いさんに任せればいい。お金さえあれば、毎日遊んで暮らせる……ねえ、ハワイ旅行のことだけど、やっぱりまだ早い？」

　一年は我慢しろって言っただろ、と呆れたように孝司が肩をすくめた。

「親父が死んで得するのは、奈緒美ちゃんと俺だ。下手に動けば、警察だって怪しむ。殺したのは俺たちなんだぞ？　疑われたら面倒なことになる」

　つまんないの、と母が唇を突き出した。それを孝司が吸って、二人が笑い出した。

「まったくな……奈緒美ちゃんは天才だよ。オートバイの男に襲われた？　おいおい、どこにそんな奴がいるんだよ。警察も苦労するよな、いない奴を捜してるんだから」

　俊幸さんも驚いてたよね、と母が孝司の口に指を入れた。

「猿が辻にいた息子を見て、車を降りていった。実の父親の顔面をレンチで殴りつけるなんて、よくあんなことができたわね。血が飛び散って、目玉が飛んでいった。あたしまで怖くなっちゃった」

二発で決まるとは思ってなかった、と孝司が母の指を口から抜いた。

「ラッキーだったよ。俺だって父親を殴り殺すのは後味が悪いからな」

「あたしのことも殴ったじゃない」

甘えた声で言った母に、痛かっただろ、と孝司が母の髪を撫でた。

「ごめんな。だけど、あれぐらいしないと、奈緒美ちゃんが疑われる。わかってるだろ？顔に傷はつけていない。美人が台なしだからな」

名誉の負傷ね、と母が孝司の手を自分の胸に当てた。

「とにかく、これで全部終わった。結花のお金もあたしのものになるし、広尾の家も処分できる。俊幸さんの保険金を合わせたら、二億以上になる。それだけあれば、ずっと遊んで暮らせるでしょ？」

ベッドサイドにあったシャンパンの栓を抜いた孝司がグラスを母に渡し、乾杯しようとボトルを傾けた。

「一年後の俺と奈緒美ちゃんに。一年経てば、みんな忘れる。東京どころか、外国で暮らしたっていい。金さえあれば、どうにでもなる」

　二人がシャンパンを飲み、シーツを頭から被った。笑い声が淫靡なそれに変わっていった。

　ぼくは壁の穴から目を離した。音が聞こえるほど、心臓が激しく鳴っていた。

　母は俊幸さんを殺して、遺産や保険金を奪う計画を立てていた。おそらくは出会った時からだ。

　だけど、一人ではできない。怪しまれるだろうし、事故を装うにしても協力者が必要だ。

　でも、探す必要はなかった。孝司がいたからだ。

　最初に会った時から、二人とも何かを感じていたんだろう。陰湿で、邪悪で、人の心を持たない者同士にしか通じ合えないものが心の中にある、とお互いにわかった。

　孝司は俊幸さんを憎んでいた。実の母親の病死がきっかけだったのかもしれないし、父親への反発心もあったんだろう。

　でも、もっと単純な理由だったんじゃないか。叱られたとか、口うるさいとか、孝司の性格を考えると、その方がありそうだった。

　孝司が抱えている俊幸さんへの憎悪に気づいた母は、夫殺しを持ちかけた。孝司を利用すれば、警察にも疑われない。自分から誘って体の関係を持ち、孝司を意のままに動かした。

　夏休み前、六月ぐらいに風呂場から男と女の声が聞こえたのを思い出した。結花と孝司だと思っていたけど、あれは母と孝司だった。

母が毎日孝司の運転で買い物へ行っていたのは、スーパーマーケットに行くためじゃない。街道沿いにあるラブホテルへ通うためだったんだろう。

俊幸さんは妻と実の息子の関係に気づかなかった。妻と息子の仲が良くて嬉しい、ぐらいに思っていたのかもしれない。

二人は綿密に計画を立て、チャンスを待っていた。でも、その間に別の要素が加わった。結花がうちに来たことだ。

母と孝司は計画を練り直した。結花を養女にすれば、俊幸さんと母が広尾の家や雨宮家の遺産を管理できる。

そして、俊幸さんが死ねば、銀行の預金、保険金、浦和の家、すべてが手に入る。母が俊幸さんの反対を押し切って結花を養女にすると強引に決めたのは、そのためだった。

二人にとって、ぼくと結花は不要な存在だ。邪魔になる者は排除するしかない。次に殺されるのは、ぼくか、それとも結花か。

（警察に話そう）

壁から離れたぼくの首筋に、冷たい何かが当たった。

振り向くと、結花が立っていた。不意に、全身から力が抜けていった。

8

気づくと、廊下に倒れていた。体が動かない。

目だけを動かすと、シュミーズを着た母が壁にもたれかかっていた。結花が孝司の体を背負い、廊下の奥に向かっている。細い体のどこにそんな力があるのか、信じられなかった。

結花が風呂場に入った。大きな物音がしたのは、バスタブに孝司を投げ込んだからだろう。

出てきた結花が孝司の下着を脱衣所の籠に放り込んだ。お湯を溜める音が聞こえ始めた。

結花が台所にあるボタンを押している。風呂の追い炊き温度を五十度に設定したのが見えた。

水を入れた薬缶をガス台に置いた結花がスイッチを捻った。五分ほど経つと、沸騰したお湯が口から溢れ、ガスの火を消した。ガスが漏れる小さな音がしている。

しゃがみ込んだ結花がぼくの顔を見つめた。黒目だけで、白目はなかった。

母も孝司も人の心を持っていない。自分の欲望を満たすために、母は美津島社長やその部下たちを操り、満春父を殺した。

孝司は実の父親を殴り殺している。二人ともまともじゃない。醜悪で、下劣で、欲望だけが詰まった汚物袋だ。

だけど、怖くはなかった。二人が満春父と俊幸さんを殺したのは金のためだ。動機が理解できれば、恐れる必要はなくなる。母と孝司は欲望に忠実なだけの人殺しに過ぎない。

でも、結花の真っ黒な瞳には何も映っていなかった。そこにあるのは闇だった。

こいつは人間じゃない。異形の何かだ。

この家に一歩足を踏み入れた瞬間から、結花の計画は始まっていた。母と孝司がどんな人間かを見極め、ひとつずつ罠を張り巡らせていった。

最初から、結花は升元家の養女になるつもりでこの家に来た。麗美さんと姉の梨花も、結花が殺したんだろう。すべてをリセットするには、戸籍を変えるしかない。

母の狙いは雨宮家の財産だった。母と孝司はいずれ結花を殺し、養母として遺産を相続するつもりでいた。

結花を引き取るつもりなんて、母にはなかった。他に誰もいないから、仕方なく区役所の福祉課員や弁護士、銀行マンと話しただけだ。

でも、その過程で、クリニックと広尾の家の価値に気づいた。麗美さんが作った借金は、クリニックを売れば返済できる。そうすれば、広尾の家は結花のものになる。

だけど、結花は未成年だ。成人するまでは大人が雨宮家の財産を管理するしかない。養女にして戸籍上の娘になれば、結花が死んだ時、相続する権利を持つのは養父母、つまり俊幸さんと母になる。

母はそれを孝司に話し、なるべく早い段階で俊幸さんを殺すと決めた。雨宮家の財産を独り占めするためには、俊幸さんが邪魔だったからだ。孝司も俊幸さんを殺すつもりだったから、喜んで計画に乗った。

母と孝司は計画を練り直した。俊幸さんが死んだ今、升元家の遺産相続人は母、孝司、ぼくと結花だ。ぼくと結花を殺せば、すべてが二人のものになる。

何もかも母と孝司の計画通りに進んでいたけれど、結花はもっと先まで読み切っていた。

去年の夏、結花は週に何度も母と会い、話をした。そして、母が俊幸さんを殺す計画を立てていることに気づいた。母の言葉や態度、表情で直感したのだろう。

すべてをわかった上で、この家に来た。母も孝司も、悪魔を招いたことに気づいていなかった。

母と孝司、そしてぼくがガス中毒で事故死すれば、残った結花が升元家の全財産を相続できる。母が管理している雨宮家の不動産もだ。

母と孝司が俊幸さんを殺すのを、結花はずっと待っていた。二人はいずれ結花も殺すつもりだったけど、しばらくはできない。俊幸さんが殺され、すぐに結花が死ねば、警察に疑われるのは考えるまでもない。

そして、俊幸さんが死ななければ、升元家の財産は結花のものにならない。母と孝司が俊幸さんを殺さないと、結花の計画は始まらない。

ぼくたち三人が死に、結花は瀕死の状態で発見されるだろう。誰も結花を疑わない。おとなしくて物静かな、読書好きの女子高生が養母と戸籍上の兄弟を殺すはずがないからだ。

すべてが終わるまで、時間はかかるだろう。でも、結花は母や孝司と違って、忍耐力がある。

ぼくを殺すのは、証人を残さないためだ。慈悲も憐れみもない。結花にとって、ぼくは虫以下にしか見えないのだろう。

「……どうして、高木先生を……三笠と菅野先生も……」

口から溢れる涎《よだれ》に構わず、ぼくは声を絞り出した。結花が注射したのは、筋弛緩剤ではないか。武士さんのクリニックに行ったと俊幸さんが話してたけど、その時に持ち出したんだろう。

ぼくはもう動けない。どれだけの量を打てばいいか、結花はわかっている。助けは来ない。

死ぬしかない。

だから、最後に教えてほしかった。なぜ高木先生たちを殺したのか、理由が知りたかった。

でも、答えはなかった。立ち上がった結花が廊下の奥へ進み、勝手口の扉を開いたのが見えた。

萌香の顔が頭を過った。あたしたちにはわかるの。そう言っていた。

萌香は最初から結花の正体を見抜いていた。直感で危険で邪悪な何かだと気づいていた。

巨大な悪意の塊と戦っても、勝てるはずがない。ただ逃げるしかない。

萌香は何度もぼくに警告していた。そのために危険な目に遭うかもしれないとわかっていても、ぼくのことを思って、今すぐ逃げてと言い続けた。ぼくを好きだったからだ。

本当は、ぼくもずっと萌香のことが好きだった。言えなかったのは、関係が壊れるのが怖かったからだ。

ぼくの心の弱さが、最悪の事態を招いた。もっと早く決断していれば、後先構わず逃げ出していれば、そんな想いが浮かんだけど、何もかもが遅かった。

ぼくは目をつぶった。しゅうしゅう、というガスの音だけが聞こえていた。

終章　通報

「はい、警視庁。事件ですか、事故ですか？」

菅原忠司《ただし》巡査長はヘッドセットのスイッチを押した。

警視庁通信指令センターは霞が関の警視庁本部庁舎内にあり、多摩総合庁舎と合わせると一日平均約二万四千件の通報が入る。

十日前に異動してきたばかりで、まだ要領が摑めていない。マニュアルに沿って質問すると、あの、と囁きに近い抑えた声がした。

「二週間前、浦和で起きたガス中毒死事件のことなんですけど」

浦和、と菅原は手元のメモに書いた。埼玉県浦和市で家族三人がガス中毒死した事件はニュースで見ている。警視庁と埼玉県警は別組織だが、概要は知っていた。

隣家からガス臭いと救急通報があり、消防と関東ガスの担当者が被害者宅へ向かった。廊下に倒れていた母親と次男を発見、その場で蘇生措置を行ったが、死後丸一日が経過しており、息を吹き返すことはなかった。

悲惨だったのは入浴中にガス中毒で意識を失った長男だ。追い炊き機能を使用していたため、発見された時には全身の肉が骨から外れ、風呂場に悪臭が充満していたという。

埼玉県警の鑑識が嘔吐したと聞いたが、想像したくなかった。助かったのは娘だけで、勝手口を出たところで倒れていたのを発見された、と聞いている。

埼玉県で起きた事件だが、警視庁に入電があったのは通報者が東京都内から電話をかけているためだ。コンピューターでチェックすると、発信番号は赤羽の公衆電話だった。

何があったんです、と菅原は尋ねた。

「あなたの名前は？　年齢を教えてください」

「あれは事故なんかじゃありません」菅原の問いには答えず、少女が一方的に話し出した。

「升元くんとお母さん、お兄さんは殺されたんです」

声や話し方で、女子高生だとわかった。それぐらいの年齢の少女は、事故でも殺人だと騒ぐことがある。

聞いている限り、浦和のガス中毒死は明らかな事故で、殺人の可能性はない。いずれにしても、警視庁が受理する事案ではなかった。

少女の声の雰囲気から考えると、悪戯ではない。本当に殺人だと思っているのだろう。

ただ、事故であれ殺人であれ、事件は埼玉県警の管轄だ。それを伝えようとしたが、少女の方が早かった。

「犯人は升元結花、私立浦前高校の二年生です。彼女は他にも学校の先生、生徒を殺しています」

菅原はボールペンでメモ帳を叩いた。中傷かもしれない。名乗らないのは、升元結花という少女に悪意を持っているからではないか。

「あなたは同じ学校の生徒ですね？　升元さんとはどういう関係です？」

信じてください、と少女が叫んだ。

「彼女は以前、広尾で暮らしていたそうです。父親は事故で亡くなり、母親と姉は行方がわかりません。その三人も結花が殺したんだと――」

落ち着いて、と菅原はヘッドセットに触れた。

「まず名前と住所を教えてください。それからガス中毒で亡くなった被害者との関係、そして――」

「あたしもころされるかもしれませんたすけてください」

異常な早口で、何を言ってるのか一瞬わからなかった。もしもしと声をかけると、唐突に電話が切れた。

（何だったんだ？）

菅原は首を傾げた。おかしな電話は毎日何十本もかかってくる。嘘の情報や悪戯目的というケースも少なくない。今の電話もそうだったのだろうか。

（声は真剣だった）

どこか引きつったような声。何かに怯えているのか、自分も殺されるかもしれないと言っていた。

通報してきた少女と升元結花は同じ学校、おそらくは同じ学年だ。仲が悪いのか、それとも他に理由があるのか。

だが、殺されるという訴えを信じることはできなかった。どれほど素行が悪くても、女子高校生は人殺しまでしない。

ひとつだけ、引っ掛かることがあった。升元結花という名前だ。

結花、と菅原はつぶやいた。二年前、行方不明者が続出した家へ事情を調べに行ったことがある。

場所は広尾、雨宮という家だった。話を聞いたのは先輩刑事で、同行していただけに過ぎない。

ただ、あの時、不穏な視線を感じた。どこから見ていたのかわからないが、視線には明らかな敵意があった。

あの家には双子の姉妹がいたが、妹の名前は結花ではなかったか。偶然なのか、それとも何か関係があるのか。

目の前の電話が鳴った。菅原は素早くヘッドセットに手をやり、スイッチを押した。

中野区新井で轢き逃げ事故発生、という鋭い声がした。少女の通報のことは頭から消えていた。

WARNING!

＊後書きを読む前に、まず小説『リセット』をお読み下さい。

＊「リカ」シリーズはクロニクル形式で書かれていますが、できれば執筆順にお読みいただき、その後、年代順にお読みいただきますと、二度楽しめます。

執筆順……『リカ』→『リターン』→『リバース』→『リハーサル』→『リメンバー』→『リフレイン』→『リセット』

年代順……『リバース』→『リセット』→『リフレイン』→『リハーサル』→『リカ』→『リターン』→『リメンバー』

『リセット』後書き

本書『リセット』は「リカ・クロニクル」七作目に当たります。刊行順にタイトルを挙げますと、

1. 『リカ』
2. 『リターン』
3. 『リバース』
4. 『リハーサル』
5. 『リメンバー』
6. 『リフレイン』
7. 『リセット』(本書)

となりますが、時系列順に並べると、『リバース』→『リセット』→『リフレイン』→『リハーサル』→『リカ』→『リターン』→『リメンバー』となります。

クロニクル形式の長所として、刊行順に読んだ後、時系列順に読むと、それぞれがある種

の伏線となっている（あるいは伏線となる出来事がある）のがわかり、一粒で二度美味しくなる点が挙げられます。時間に余裕がある方、リカ・クロニクルに興味がある方はぜひ試していただければと思います。

・「リカ・クロニクル」では、毎回書き方や語り手を変えています。物事には多面性があり、語る者によって違う側面が見えてくる、と私は考えています。

例えば『リカ』はストーカーの執拗な付きまといの被害者から見た物語ですが、ストーカー側の視点、あるいは被害者の妻が語ることも可能で、それぞれが紡ぐ話は確実に違うでしょう。

本書『リセット』においてもそれは同じで、別の視点から語られる物語が描けるかもしれません。

・「リカ・クロニクル」はSNSリテラシーを踏まえて読むと、違う形の恐怖が見えてくるでしょう。2000年（今から二〇年以上前です）の段階で、〝インターネットは魑魅魍魎が跋扈する世界だ〟とある人物が話していましたが、大げさだと思うあなたは危機意識が低いと言わざるを得ません。

・インターネットが社会を変えたのは確かですが、それは犯罪者、あるいはダークサイドの心を持つ者にとっても同じで、便利な物は悪用するのも容易なのです。

・リテラシーの問題は更に重要で、何気なく〝いいね〟を押しただけでも、誰かの命を奪う可能性があります。

・警鐘を鳴らしているのではなく、はっきりした警告です。あなたを守れるのはあなたしかいません。私たちはそういう時代に生きているのです。

・言うまでもなく「リカ」は想像上のキャラクターです。少なくとも、私の中では確実にそうですが、現実を考えると〝想像〟で片付けられなくなっているのも事実です。

・本書を読んでいただいたあなたはもうわかっているはずですが、SNSが人を殺すことがあります。何げなく押した〝いいね〟が誰かの背中を押し、死に至らしめる。あるいは深刻な問題と化すことをあなたは知っています。

・「そんなつもりはなかった」とあなたは言うでしょう。その通りだと私は信じています。本当に「そんなつもりはなかった」のでしょう。

・ですが、百パーセントと言い切れるでしょうか？　あなたの中に、ほんの少しだけ悪意があったのかもしれない。

・〝いいね〟を押せば、誰かが厭な気持ちになる。もしかしたら、あなたはそれを知っていたのかもしれません。

・でも、とあなたは言うでしょう。「まさか、あんなことになるとは思ってなかった」と。

・その通りです。ほとんど百パーセント、何も起きません。ですが、ほとんど百パーセントと、まったくの百パーセントは違います。何かが起きるかもしれない。誰かが死ぬ、あるいは傷つく可能性はあるのです。

・私はそれを「無意識の悪意」と呼んでいます。人間の言動には、その根底に確実に「無意識の悪意」があります。

・「意識的な悪意」であれば、それははっきりとした形を取ります。わかりやすい形は暴力ですし、他にもあるでしょう。

・簡単に言えば、「意識的な悪意」とは敵意です。敵意への対処は難しくありません。

・あなたに非があればそれを認め、謝罪すれば敵意は消えます。完全にではなくても、小さくなるのは確かです。

・謝罪以外にも金銭の支払いで敵意は解消されます。最も簡単な解決法は徹底的に避けることで、敵意=怒りは時間の経過に比例して減っていくと証明されています。

・ですが「無意識の悪意」は違います。それは人間の原罪で、誰の中にもあります。

・でも、その存在はとても小さいので、誰も気づきません。表に出てくることもめったにありません。

・だからこそ、コントロールが難しい。それが「無意識の悪意」です。

・冗談で言っただけだ、傷つけるつもりなんてなかった、あの人も同じことを言っていた、言い訳は無限にあり、あなたは「無意識の悪意」を正当化できます。
・リカとは「無意識の悪意」の集合体です。あなたはリカではありません。でも、あなたの中にリカがいるのも確かです。
・あなたの知らないうちに、心のどこかでリカが肥大していないでしょうか。ほとんどの場合、「無意識の悪意」は本人も気づいていません。
・ですが、確実にあなたの中にあり、きっかけがあれば顕在化します。
・肥大したリカがあなたを呑み込まないことを、私は祈っています。「リカ・クロニクル」とは、もしかしたら鎮魂の物語なのかもしれません。
・次に描かれるのは、時系列で言うと『リターン』の後になります。詳しくは語れませんが、復讐の物語になるでしょう。
・そして、おそらくはもうひとつの物語も描かれることになる、と私は思っています。いつ、とは言えませんが、その時をお待ちください。

五十嵐貴久

本書は、「小説幻冬」（二〇二一年五月号〜十月号）の連載に加筆・修正した文庫オリジナルです。

リセット

五十嵐《いがらし》貴久《たかひさ》

令和4年7月10日　初版発行

発行人――石原正康
編集人――高部真人
発行所――株式会社幻冬舎
〒151-0051東京都渋谷区千駄ヶ谷4-9-7
電話　03(5411)6222(営業)
　　　03(5411)6211(編集)
公式HP　https://www.gentosha.co.jp/
印刷・製本―図書印刷株式会社
装丁者――高橋雅之

検印廃止

幻冬舎文庫

ISBN978-4-344-43205-5　C0193　い-18-19